D1373582

François Truffaut

JULES ET JIM

DÉCOUPAGE INTÉGRAL
ET DIALOGUES

Seuil / Avant-Scène

« Le travail de Truffaut échappe
à la pesanteur de la photographie,
il évoque en moi les giboulées de mars.
Rien de plus réel
que les cumulus jouant dans le ciel parisien,
et pourtant quoi de plus féerique ? »

JEAN RENOIR

CE LIVRE A ÉTÉ ÉDITÉ SOUS LA DIRECTION DE
JACQUES CHARRIÈRE

ISBN 2-02-025622-3
(ISBN 2-02-000644-8 1re publication poche)
© Éditions de l'Avant-Scène et François Truffaut.
Tous droits de traduction et d'adaptation réservés pour tous pays.
Paris, 1962.
© Éditions du Seuil, pour les droits en langue française, 1971

© Les Cahiers du cinéma pour la filmographie

JULES ET JIM
EST UNE SYNTHÈSE DE MON TRAVAIL PASSÉ

— Un jour, j'ai acheté par hasard *Jules et Jim* dans une librairie du Palais-Royal. Tout de suite le titre m'a plu et, quand j'ai lu sur la couverture que c'était le premier roman d'un homme de soixante-seize ans, j'ai été encore plus intéressé : j'aime les récits « vécus », les mémoires, les souvenirs, les gens qui racontent leur vie. J'ai trouvé le livre merveilleux et j'ai été frappé à la fois par le caractère scabreux des situations et la pureté de l'ensemble. J'ai pensé qu'il n'était pas possible de lui donner une équivalence au cinéma jusqu'à ce que j'aie vu plus tard *Naked Dawn,* d'Ulmer. C'était un western de quatre sous, mais, pendant un quart d'heure, on y montrait, comme dans *Jules et Jim* et avec la même fraîcheur, une femme hésitant entre deux hommes également sympathiques.

Dans ma critique du film – je travaillais alors pour *Arts* – j'ai mentionné le roman de Roché, qui m'a envoyé une lettre pour me remercier. Nous avons continué de nous écrire et je lui ai dit que je rêvais de tourner *Jules et Jim*. Nous avons parlé de l'adaptation et il imaginait des dialogues « aérés et serrés ». Il les aurait écrits sûrement s'il n'était mort juste avant la sortie des *Quatre Cents Coups*.

— *Comment avez-vous procédé à l'adaptation ?*

— Sur le livre, que je connaissais par cœur, j'ai marqué d'une ou de plusieurs croix ce qui me plaisait le plus, j'ai inscrit quelques commentaires et j'ai donné tout ça à Jean Gruault, coadaptateur et dialoguiste du film. Il a écrit un texte de deux cents pages que j'ai repris, travaillant à la colle et aux ciseaux, et me réservant d'improviser au tournage les scènes qui me sembleraient indispensables au dernier moment. Par exemple, j'ai lu les lettres qu'Apollinaire écrivit dans le recueil *Tendre comme le souvenir*. Au fur et à mesure de la lecture, elles m'étaient plus intimes, plus familières, j'en parlais, j'en faisais un monologue que je donnais à l'acteur et qui, peu à peu, devenait une scène. Ainsi, quand la fiction nous entraîne parfois loin de la vie, on dit tout à coup ce qu'on pense, on se sauve par la sincérité…

J'ai conservé au long du film un commentaire *off* chaque fois que le texte me paraissait impossible à transformer en dialogues ou trop beau pour se laisser amputer. Je préfère à l'adaptation classique, transformant de gré ou de force un livre en pièce de théâtre, une forme intermédiaire qui fait alterner dialogues et lecture à haute voix, qui correspond en quelque sorte au roman filmé. Je pense d'ailleurs que *Jules et Jim* est plutôt un livre cinématographique que le prétexte à un film littéraire.

– *Quel est le thème de* Jules et Jim *?*

– Il y a une chanson dans le film : elle s'appelle « Le tourbillon de la vie » ; elle en indique le ton et elle en révèle la clé. Peut-être parce qu'il a été écrit par un vieillard, je considère que *Jules et Jim* est un hymne à la vie. Pour cette raison, j'ai voulu créer une impression de grand laps de temps marqué par la naissance des enfants, mais aussi coupé par la guerre, par la mort, qui donnent une signification plus complète à une existence entière.

C'était peut-être ambitieux de faire un film de vieillard, mais ce recul m'a fasciné qui me permettait d'arriver à un certain détachement. Il me paraissait plus facile d'y parvenir parce que l'intrigue autant que l'époque m'étaient étrangères, parce que, refusant de prendre parti, je voulais amener le public à être aussi objectif que moi. C'est également une histoire sur l'amour, avec cette idée que, le couple n'étant pas toujours une notion réussie, satisfaisante, il semble légitime de chercher une morale différente, d'autres modes de vie, bien que tous ces arrangements soient voués à l'échec. Cependant, et en dépit de son apparence « moderne », ce film n'a pas de caractère polémique. Sans doute la jeune femme de *Jules et Jim* veut-elle vivre de la même

6

manière qu'un homme, mais c'est là seulement une particularité de son caractère et non une attitude féministe et revendicative.

On peut dire de ce personnage de femme – incarné par Jeanne Moreau – qu'il est fait à la fois de poncifs et d'antiponcifs. Aussi, quand elle devient trop Scarlett O'Hara, je lui mets des lunettes, j'essaie de la rendre plus humaine, plus réaliste. Je voulais faire du bien à Jeanne Moreau actrice, et il m'a semblé que je devais l'empêcher de devenir prestigieuse, qu'il fallait lui épargner toute exhibition.

J'ai cherché à la « désintellectualiser » par rapport à ses films précédents et à rendre à la fois son rôle et son jeu plus physiques et plus dynamiques. Dans ce sens, j'avais déjà travaillé avec Jean-Pierre Léaud pour *Les Quatre Cents Coups* et avec Charles Aznavour pour *Tirez sur le pianiste*.

– *Y a-t-il des points communs entre ces deux films et* Jules et Jim *?*

– À la fin de chaque film – et j'inclus mon court métrage *Les Mistons* –, j'essaie de tirer une sorte de « leçon ». C'est pourquoi j'ai le sentiment que *Jules et Jim* est une synthèse de mon travail passé. Il a des *Mistons* l'importance de la nature, le retour au commentaire et l'introduction de scènes construites sur une idée plastique. Il est également un peu, comme dans *Les Quatre Cents Coups,* le récit d'un engrenage, la description d'une situation difficile qui devient de plus en plus inextricable. J'ai tenté aussi dans les deux films de faire admettre un adolescent, une jeune femme, bien qu'ils agissent l'un et l'autre d'une manière habituellement réprouvée par la morale. Enfin *Jules et Jim* prolonge *Tirez sur le pianiste* parce qu'ici et là j'ai voulu égaliser les personnages afin qu'ils inspirent la même sympathie et que l'on soit tenté de les aimer pareillement.

FRANÇOIS TRUFFAUT

propos recueillis par
Yvonne Baby,
Le Monde, 24 janvier 1962.

HENRI-PIERRE ROCHÉ

Henri-Pierre Roché, auteur de *Jules et Jim,* œuvre douce-amère que le film de François Truffaut a rendue célèbre, n'était pas un homme de lettres. Véritable dandy, il a traversé l'époque, inaperçu, ignoré, sauf par les quelques êtres d'élite dont il partageait les curiosités et les goûts et auxquels l'attachaient les liens du cœur. Pour lui, dont l'esprit fut toujours jeune, l'amitié de Truffaut, dans les derniers jours de sa vie, dut être un bonheur. Déjà, il s'était étonné et réjoui que son roman désinvolte, d'une gaieté quelque peu crissante, où il avait, sous un apparent détachement, mis beaucoup de lui-même, eût trouvé un éditeur et plus de lecteurs qu'il ne l'eût pensé. Il est attristant que sa mort, survenue avant que Truffaut n'ait achevé son travail, l'ait privé d'une autre joie : celle de constater combien le film tiré de son œuvre a suscité d'intérêt, notamment parmi ceux des générations nouvelles.

Quelques notes éparses dans des revues, quelques propos sur Brancusi, des souvenirs sur Duchamp et le roman qui séduisit Truffaut, c'est tout ce qui restera d'Henri-Pierre Roché. Non pas, toutefois, tant que vivront ceux qui l'ont approché, pour qui ces rares écrits comptent moins que n'a compté l'apport direct de cet enrichisseur, dont l'éloignement n'estompe point les traits et que grandit le souvenir.

PATRICK WALDBERG

CONTINUITÉ PHOTOGRAPHIQUE DU FILM

Pour le découpage intégral qui suit, les références numériques des photos sont indiquées en **gras** dans les marges, en se rapprochant le plus possible de la description du plan de chaque photo. Ces références se retrouvent sous chaque cliché.

GÉNÉRIQUE

PRODUCTION   Les Films du Carrosse et SEDIF
RÉALISATION   François Truffaut
ADAPTATION ET DIALOGUES
François Truffaut et Jean Gruault
d'après le roman d'Henri-Pierre Roché (Gallimard).

INTERPRÉTATION

Catherine	Jeanne Moreau
Jules	Oscar Werner
Jim	Henri Serre
Gilberte	Vanna Urbino
Albert	Cyrus Bassiak*
Sabine	Sabine Haudepin
Thérèse	Marie Dubois
Un client du café	Jean-Louis Richard
Un client du café	Michel Varesano
L'ivrogne du café	Pierre Fabre
Une amie d'Albert	Danielle Bassiak
Merlin	Bernard Largemains
Mathilde	Elen Bober
et la voix de	Michel Subor

ÉQUIPE TECHNIQUE

Opérateur Raoul Coutard / *Montage* Claudine Bouche / *Assistants réalisateur* Georges Pellegrin et Robert Bober / *Musique* Georges Delerue / *Chanson* « Le Tourbillon », paroles et musique de Bassiak* / *Procédé* noir et blanc / *Format* Franscope / *Distribution* Cinédis / *Durée* 1 h 45 / *Date de sortie* 23 janvier 1962 au Studio Publicis et au Vendôme (Paris) / *Prix* prix de la mise en scène au festival de Mar del Plata et au festival d'Acapulco ; prix Cantaclaros 1961-1962, Caracas (Venezuela) ; prix de l'Académie du cinéma. Étoile de cristal : meilleur film français et grand prix de l'interprétation féminine ; oscar danois « Bodil 1963 » : meilleur film européen de l'année ; Nostro Argento (décerné par les journalistes de cinéma italiens au meilleur film de l'année) ; prix de la Critique au festival de Carthagène.

* Pseudonyme de C. Rezvani, peintre et écrivain.

5

1 Oscar Werner, Henri Serre.

2 Oscar Werner, Henri Serr

L'écran reste noir un instant durant lequel une voix de femme se fait entendre.

JEANNE MOREAU, *off.* « Tu m'as dit : Je t'aime. Je t'ai dit : Attends. J'allais dire : Prends-moi. Tu m'as dit : Va-t'en. »

Après cet exergue récité, l'écran s'éclaire et le générique commence à se dérouler sur les images de quelques scènes fugitives. On voit ainsi deux hommes, Jules et Jim, passer dans une ruelle et se faire longuement des politesses, puis se promener gaiement dans la campagne ensoleillée, en compagnie de deux jeunes femmes. Alors que le nom de la petite Sabine Haudepin passe, une jeune enfant joue aux fléchettes : gros plan sur son visage, puis panoramique très rapide suivant une fléchette jusqu'à la cible.

Toujours pendant le générique, nombreux flashes sur
1 *Jules et Jim : soit se battant en duel avec des balais à la place d'épées, soit jouant à l'aveugle et au paralytique*
2 *(Jules le paralytique est monté sur les épaules de Jim, l'aveugle, qui avance en tâtonnant). Ensuite gros plan d'un sablier qui s'écoule, d'une toile de Picasso (époque bleue), du guitariste Bassiak (celui-là même qui interprète le rôle d'Albert), de Jules tenant par la main sa fille*

12

3 Henri Serre, Oscar Werner.

Sabine et se promenant dans une prairie. Enfin, dernier 3
plan du générique (en grande plongée) : Jules et Jim,
dans la campagne, font une course à pied effrénée.

Début du film proprement dit : série de scènes muettes
entre Jules et Jim, tandis qu'une voix off (celle de Michel
Subor) commente la rencontre ainsi que la naissance de
l'amitié des deux hommes. Jules et Jim sont assis face à
face auprès d'une table et jouent aux dominos. 4

VOIX, *off.* C'était vers 1912. Jules, étranger à Paris *(gros
plan flash sur Jules, le blond, qui déplace un pion),* avait
demandé à Jim *(gros plan flash sur Jim, le brun, qui regarde
le jeu),* qu'il connaissait à peine, de le faire entrer au bal des
Quat-z'Arts ; Jim lui avait procuré une carte et l'avait
emmené chez le costumier. C'est pendant que Jules fouillait
doucement parmi les étoffes *(plan de Jules et Jim fouillant
dans une grande malle : ils en sortent un drap)* et se choisissait un simple costume d'esclave, que naquit l'amitié de Jim
pour Jules. Elle grandit pendant le bal, où Jules fut tranquille
avec des yeux comme des boules, pleins d'humour et de tendresse.

Le lendemain *(plan des deux hommes assis : Jim coupe les
pages d'un livre pour Jules),* ils eurent leur première vraie

4 Oscar Werner, Henri Serre.

conversation, puis ils se virent tous les jours. *(Plan des deux hommes que la caméra suit dans la nuit : ils se promènent dans les rues en discutant.)* Chacun enseignait à l'autre, jusque tard dans la nuit, sa langue et sa littérature ; ils se montraient leurs poèmes et les traduisaient ensemble. Ils avaient aussi en commun une relative indifférence envers l'argent et ils causaient sans hâte, aucun des deux n'ayant jamais trouvé un auditeur si attentif.

5   *Plan extérieur : une barque, où sont installées deux jeunes femmes en compagnie de Jules et Jim, file sur l'eau ; c'est Jim qui rame.*

Jules n'avait pas de femme dans sa vie parisienne et il en souhaitait une. Jim en avait plusieurs. *(Plan sur Jules et Jim avec deux autres femmes près d'un pavillon.)* Il lui fit rencontrer une jeune musicienne. Le début sembla favorable. Jules fut un peu amoureux, une semaine, et elle aussi. *(Plan sur Jim, souriant à une jeune femme près de lui, et panoramique sur Jules, seul, mangeant un gâteau.)* Puis ce fut un joli bout de femme désinvolte qui tenait le coup dans les cafés, mieux que les poètes, jusqu'à six heures du matin. Une autre fois, ce fut une jolie veuve toute blonde. Ils eurent des sorties à trois. *(Cour-jardin de l'appartement de Jules : une femme sort par une porte (zoom arrière) et dit bonjour à Jim, puis à Jules.)* Elle déconcertait Jules, qu'elle trouvait gentil mais ballot *(la même fille avec Jules, puis panoramique sur une autre fille),* et amena pour lui une amie placide, mais Jules la trouva placide. Enfin, malgré l'avis de Jim, Jules prit contact avec des professionnelles *(gros plan d'une plaque d'hôtel. Jules s'approche et entre dans l'établissement. Plan transparence, d'une fenêtre, d'un homme baisant la main d'une femme, puis gros plan flash d'une jambe de femme aux bas noirs, qui porte une montre-bracelet autour de la cheville)* mais sans y trouver satisfaction.

RUELLES DE PARIS / NUIT

Il fait nuit et les rues sont à peine éclairées. Par panoramique, on suit Jules et Jim qui discutent, tout en marchant. Ils croisent un homme et une femme (Merlin et Thé-

6 Marie Dubois.

rèse) qui, les apercevant, s'embrassent fougueusement.
Dès que Jules et Jim s'éloignent, Merlin se redresse. Der-
rière le couple, sur une palissade, il est écrit en grosses **6**
lettres blanches : « Mort aux... »

MERLIN. Allez, au boulot !...

Merlin prend le pinceau qui est dans le seau de peinture
tenu par Thérèse. Il finit par écrire : « Mort aux autre »,
mais n'a plus assez de peinture pour le « s » final.

MERLIN, *furieux*. Y a plus de peinture, salope ! *(Il la gifle.)*
On va encore dire que les anarchistes n'ont pas d'ortho-
graphe !

Plan éloigné : Merlin s'apprête encore à battre Thérèse.
Celle-ci, affolée, se sauve en courant vers la caméra. Elle
court et rejoint Jules et Jim.

THÉRÈSE. Sauvez-moi ! C'est Merlin qui me poursuit. Il est
plus costaud que vous. Courons tous les trois !

Elle se met entre eux deux, les prend par le bras et les
entraîne. Enchaîné.

Intérieur d'un fiacre

Thérèse est assise entre Jules et Jim dans le fiacre. Ils sont tous trois un peu serrés. Plans alternés de l'un à l'autre et plans des trois.

Thérèse. Pouvez-vous me donner à coucher pour cette nuit ? Je m'appelle Thérèse.

Jim. Mais comment donc, Thérèse ! Dormir chez moi, ce n'est pas possible… Je suis attendu ailleurs.

Jules. Gilberte ? *(Un temps, puis se tournant, timide, vers Thérèse.)* Mais chez Jules…, c'est moi…

Thérèse, *à Jim.* Et vous ?

Jim. Jim.

Thérèse. Jim et Jules alors ?

Jim, *comme si elle venait de faire une gaffe énorme.* Mais non, Jules et Jim ! *(Rires.)*

Plan général du fiacre s'éloignant au bout de la ruelle.

Petite cour-jardin

Une porte s'ouvre et Thérèse apparaît, suivie de Jules : ils entrent dans la petite cour-jardin. Jules montre l'escalier qui va à son appartement. Ils montent tous les deux.

Appartement Jules

Dès que la porte s'ouvre et que tous deux (Thérèse et Jules) sont entrés, on suit Jules en panoramique, qui cherche les allumettes. Gros plan de Thérèse, dont le visage s'éclaire à la lueur de l'allumette frottée en off ; on passe rapidement sur Jules, puis on revient vers Thérèse, qui sourit. Plan moyen de Jules qui revient vers la jeune femme et, près d'elle, retourne un très gros sablier.

Thérèse. Qu'est-ce que c'est ?

Jules. C'est mieux qu'une pendule. Quand le sable sera en bas, je dois m'endormir.

Thérèse, songeuse, triture dans ses mains un appareil à rouler les cigarettes, tandis qu'on suit en panoramique

Jules, qui revient de l'autre pièce en portant un rocking-chair.

JULES, *montrant le lit, puis le fauteuil à bascule.* Vous dormirez ici et moi là.

THÉRÈSE, *légèrement ironique.* Oui, c'est ça. *(Un temps.)* Vous avez des cigarettes ?

Très empressé, Jules passe par-dessus le lit pour prendre un coffret en forme de domino. Il l'ouvre et le tend à Thérèse.

THÉRÈSE, *levant les yeux.* C'est vous, Jim ?

JULES. Non, Jules.

THÉRÈSE, *souriant.* Vous êtes gentil, Jules.

Elle prend une cigarette dans le coffret. Jules lui tend son briquet allumé.

THÉRÈSE, *allumant sa cigarette.* Je vais vous faire la locomotive à vapeur.

Aussitôt Thérèse met dans sa bouche la cigarette à l'envers (le feu à l'intérieur de la bouche), souffle (la cigarette fume abondamment), se précipite à la renverse sur le lit,

7 Oscar Werner, Marie Dubois.

8 Vanna Urbino, Henri Serre.

*puis fait rapidement (on la suit en panoramique gros plan)
le tour de la pièce jusqu'au rocking-chair où Jules, un peu
étonné, s'est affalé. Elle s'agenouille près de lui et, pre-*
7 *nant la cigarette, la dépose entre les lèvres de Jules. Gros
plan des deux suivi d'un long enchaîné.*

APPARTEMENT GILBERTE

*L'enchaîné aboutit sur un plan d'ensemble de la chambre
de Gilberte. Jim, que l'on distingue de dos, est assis sur le
lit dans lequel Gilberte est couchée.*

JIM. Dans dix minutes, il fait jour.

GILBERTE. Jim, pour une fois, tu pourrais rester dormir ici, à
côté de moi.

*Jim s'est levé pour finir de s'habiller : il boutonne son
gilet, puis va vers un miroir pour se lisser la moustache.*

JIM. Non, Gilberte !… Si je reste, j'aurai l'impression de
t'abandonner en ne restant pas demain… et si je reste
demain, nous serons en ménage, donc quasiment mariés…
N'est-ce pas contraire à nos conventions ?

GILBERTE. Quel raisonneur tu fais !

20

Il s'approche de la fenêtre, soulève le rideau pour examiner le temps et revient vers le lit en mettant sa veste, tout en parlant.

JIM. Il y a aussi Judex qui n'aime pas rester seul à la maison…, et puis la nuit est terminée, le jour se lève.

Il s'assoit à nouveau sur le lit, l'embrasse, puis se relève. **8**

JIM. Tiens, imagine que je suis un ouvrier qui part pour son chantier.

Jim (que l'on suit en panoramique) sort de la pièce en refermant la porte derrière lui.

GILBERTE. Fripouille !… Tu vas rentrer dormir chez toi jusqu'à midi… Je le sais !…

EXTÉRIEUR RUE / AUBE

Dans la rue, Jim marche tranquillement en se dirigeant vers l'immeuble de son appartement. Il croise quelques ouvriers se rendant au travail, un cycliste, un fiacre, et, lorsque Jim pousse la porte et entre, un noceur attardé traverse la rue. (Enchaîné.)

SALLE D'UN CAFÉ / JOUR

Panoramique sur Thérèse, Jules et Jim, qui, venant d'entrer dans la salle d'un café, s'avancent en cherchant une table libre. Jules et Jim, légèrement en arrière, continuent une discussion qui semble, seuls, les passionner. Thérèse se retourne vers eux et montre du doigt une table.

THÉRÈSE. Tenez, là-bas.

Jules et Jim la suivent sans attention pour elle et, toujours en discutant, s'assoient.

JULES. Mais non, c'était Shakespeare.

Pendant que les deux hommes discutent, Thérèse remarque un homme assis près d'elle ; l'homme[1] la regarde

---

1. Dans leur script, F. Truffaut et J. Gruault ont baptisé l'homme en question « l'aztèque » par pure référence humoristique, le personnage n'ayant qu'un rôle très limité.

et semble sourire. Thérèse se retourne vers Jules et, après un temps, secoue son bras.

THÉRÈSE, *à Jules.* Jules, donne-moi dix centimes pour la musique.

JULES, *sans se retourner, prend dans sa poche des pièces qu'il donne à Thérèse. À Jim.* C'était Shakespeare, je vous assure.

On entend à peine répondre Jim car la caméra suit Thérèse, qui se dirige vers le piano mécanique placé à un coin de la salle. « L'aztèque » s'est également levé et rejoint Thérèse.

THÉRÈSE. Vous pouvez me donner une cigarette ?

L'AZTÈQUE. Oui, bien sûr.

Il lui offre une cigarette (plan américain des deux près du piano mécanique) et lui présente du feu. Thérèse, sa cigarette une fois allumée, lui fait alors son « coup » de la locomotive à vapeur (gros plan flash de Thérèse).

L'AZTÈQUE. Vous plaisez beaucoup à moi.

Thérèse le prend par le bras et l'entraîne aussitôt vers la porte de sortie du café-concert. Panoramique, derrière les vitres, sur le couple sortant du café.

THÉRÈSE. Vous pouvez me donner à coucher pour cette nuit ? Je m'appelle Thérèse.

Retour rapide (par panoramique) sur Jules et Jim attablés. Jules a vu la scène ; il est sidéré devant le départ du couple. Il va se lever lorsque la main de Jim le retient.

JIM. Non, laissez, Jules… Une de perdue, dix de retrouvées.

JULES. Avec Thérèse, ce n'était pas l'amour. Elle était à la fois ma jeune mère et ma fille attentive.

Ils fument tous les deux, puis, tandis que Jules continue à parler, Jim qui était près de lui, mais en face, se redresse légèrement pour s'installer plus confortablement près de Jules, sur la banquette.

JULES. Je n'ai pas de chance avec les Parisiennes… Il y a heureusement les filles de mon pays. J'en aime une, Lucie.

9 Henri Serre, Oscar Werner.

J'ai demandé sa main. Elle a refusé. *(Pendant qu'il parle, Jules sort son portefeuille et en extirpe deux photos. Gros plan sur chacune d'elles.)* Je vais retourner la voir. Je m'étais donné six mois. *(Jim, après avoir contemplé la première photo, prend la seconde que lui tend Jules.)* Il y a encore une autre. Brigitta… La voici. Il y a encore une autre : Elga que j'aimerais peut-être si je n'aimais pas Lucie. Elle est comme ça, tenez !

À ces mots, Jules sort une craie de sa poche et dessine sur le marbre de la table un visage. Plan sur la main dessi- **9** *nant un portrait de femme dans le style Matisse.*

Voix, *off.* Et, sur la table ronde, Jules esquissa à grands traits un visage de femme. Jim voulut acheter la table, mais ce fut impossible… *(Plan du café vu de l'extérieur, à travers la vitre. Jim appelle le patron et discute avec lui. Scène muette.)* Le patron ne voulait lui vendre que ses douze tables à la fois.

Fermeture fondu.

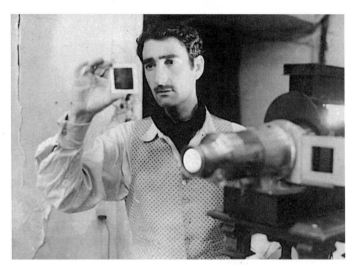

10 C. Bassiak.

11 Henri Serre, Oscar Werner,
Danielle Bassiak,
et (en arrière-plan) C. Bassiak.

APPARTEMENT ALBERT

Jules, suivi de Jim, passe sous la porte très basse et entre dans l'appartement de son ami Albert, qui vient aussitôt les accueillir accompagné d'une jeune femme.

JULES. Albert ! *(Montrant Jim.)* C'est un ami français.

LA FEMME. Bonjour. Je crois que nous nous sommes déjà rencontrés. *(Elle leur tend des sièges.)* Asseyez-vous !

VOIX, *off*. Jim avait demandé…

Jim se retourne vers Jules. Plan des deux.

JIM. Qui est Albert ?

JULES. L'ami des peintres et des sculpteurs. Il connaît tous ceux qui seront célèbres dans dix ans.

Après un enchaîné rapide, nous retrouvons la même salle plongée dans l'obscurité. Seul, un écran blanc. Albert fait passer des vues de statues à la lanterne magique. Albert est debout, choisissant les vues qu'il passe dans l'appa- **10** *reil. Devant lui, et lui tournant le dos, sont assis Jules, Jim et la femme, qui regardent l'écran. Albert commente* **11** *chaque photo.*
Plans alternés de l'écran et d'Albert.

ALBERT. Celle-là est plus exotique. Elle ressemble un peu à une statue inca. *(Un temps.)* Celle-là, c'est une statue qui a un peu le style roman. Elle est grêlée par la pluie parce que je l'ai trouvée au fond d'un jardin. Il a dû pleuvoir dessus une bonne génération. *(Un temps.)* Celle-là, très pathétique ! On a l'impression d'une figure en putréfaction. D'ailleurs, c'est très curieux de voir la pierre traitée d'une façon aussi flasque. *(Un temps, puis apparaît sur l'écran la tête d'une femme sculptée dans la pierre : d'abord de profil, puis de face, puis en détail : lèvres, yeux, en gros plan. Elle est très belle.)* Celle-là, je l'aime beaucoup, les lèvres sont très belles… elles sont un peu dédaigneuses. Les yeux aussi sont très beaux. *(Un temps.)*

Albert s'apprête à changer de vue lorsque Jim se retourne vers lui. Plan des trois spectateurs.

JIM. Nous aimerions revoir la précédente, s'il vous plaît.

25

12 Oscar Werner, Henri Serre.

ALBERT, *acquiesçant*. D'ailleurs, j'en ai pris un détail encore
plus près.

> *Différents angles de la statue en très gros plan passent sur
> l'écran. Insistance sur les yeux et la bouche pendant que
> la voix off commente.*

VOIX, *off*. Cette reproduction montrait un visage de femme
grossièrement sculpté, exprimant un sourire tranquille qui les
saisit… *(Enchaîné.)*

ÎLE DE L'ADRIATIQUE / EXTÉRIEUR

> *Enchaîné sur les deux amis, en costume d'été, qui visitent* **12**
> *l'île. Ils arrivent vers un petit escalier de terre qui domine
> un champ de statues. Ils descendent et inspectent.*

VOIX, *off*… La statue, récemment exhumée, se trouvait dans
un musée en plein air sur une île de l'Adriatique. Ayant
résolu d'aller la voir ensemble, ils partirent aussitôt… Ils
s'étaient fait faire des costumes clairs identiques.

> *Panoramique sur différentes statues. On finit par s'arrêter
> sur la statue qu'ils recherchaient. Différents plans sur
> elle, toute blanche et illuminée de soleil.* **13**

27

VOIX, *off.* Ils restèrent une heure avec la statue ; elle dépassait encore leur espérance ; ils tournèrent très vite autour d'elle en silence. *(Travelling circulaire autour de la statue.)* Ils n'en parlèrent que le lendemain. *(Un temps.)* Avaient-ils jamais rencontré ce sourire ?... Jamais !... Que feraient-ils s'ils le rencontraient un jour ? Ils le suivraient.

PARIS / EXTÉRIEUR (RUES, MÉTRO, TOUR EIFFEL...)

VOIX, *off.* Jules et Jim rentrèrent chez eux, pleins de la révélation reçue... et Paris les reprit doucement. *(Scènes animées des rues et des sites parisiens.)*

GYMNASE / INTÉRIEUR JOUR

Plan d'ensemble de la salle du gymnase, où de nombreux sportifs (tenue idoine d'époque : maillot et pantalon collant) s'entraînent, soit au bâton, soit (comme Jules et Jim, vers lesquels la caméra s'approche) à la boxe française. Plan sur Jules et Jim qui boxent un instant ; Jim semble le plus fort et le plus souple. Ils s'arrêtent enfin pour souffler et s'éloignent vers un coin du gymnase tout en ôtant leurs gants.

14

JULES. Et votre livre, ça avance ?

JIM. J'y ai pas mal travaillé, oui... Je crois qu'il sera assez... assez autobiographique ; notre amitié y jouera un rôle important. Je voudrais bien vous en lire un passage.

JULES. Avec plaisir.

À ces mots, Jim file chercher son manuscrit tandis qu'on reste sur Jules pensif. Jim, revenu, lui dit :

JIM, *lisant.* « Jacques et Julien ne se quittaient plus. Le dernier roman de Julien avait eu du succès ; il y décrivait, dans une atmosphère de conte de fées, des femmes qu'ils avaient connues... avant le temps de Jacques et même de Lucienne. Jacques était fier pour Julien. On les surnommait Don Quichotte et Sancho Pança, et les gens du quartier leur prêtèrent bientôt à leur insu des mœurs spéciales. Ils mangeaient ensemble dans de petits bistrots. Les cigares étaient leur dépense. Chacun choisissait le meilleur pour l'autre. »

14 Henri Serre, Oscar Werner.

JULES, *après un silence.* C'est vraiment très beau !... Si vous me le laissez, je voudrais le traduire en allemand.

Jim acquiesce de la tête, tout heureux, et entraîne son ami.

JIM. Et maintenant à la douche !

DOUCHES DU GYMNASE

Plan moyen de deux cabines de douche voisines. Jim est dans celle de gauche, Jules dans l'autre. Sous le jet, les deux amis se parlent assez fort pour être entendus à travers la cloison et malgré le bruit de l'eau.

JULES. J'ai reçu une lettre de mon cousin. Il m'annonce un arrivage de filles qui étudiaient à Munich avec lui : une

15 Henri Serre, Jeanne Moreau, Oscar Werner.

29

Berlinoise, une Hollandaise, une Française. Elles viennent dîner chez moi, demain. *(Plus fort.)* Je compte sur vous.

Pendant que Jules parle, la caméra s'est approchée de lui, puis panoramique vers le haut… Gros plan de la douche qui s'enchaîne sur un plan général du jardin de Jules.

COUR-JARDIN APPARTEMENT JULES

Jules et Jim sont assis à une table du jardin, discutent et se lèvent précipitamment pour aller accueillir trois jeunes femmes qui descendent un escalier et vont à leur rencontre. La troisième femme descend plus lentement, puis, pour examiner et les lieux et les deux hommes, relève la voilette de son chapeau. Gros plan de son visage qui ressemble étrangement à celui de la statue qui a passionné les deux amis. Série de très gros plans de ses yeux, de sa bouche… etc., tandis que la voix off commente.

VOIX, *off.* Catherine, la Française, avait le sourire de la statue de l'île. Son nez, sa bouche, son menton, son front étaient la fierté d'une province qu'elle avait incarnée, enfant, lors d'une fête religieuse. Cela commençait comme un rêve.

Enchaîné, même lieu quelques instants plus tard, sur un gros plan de Jules un verre à la main (à mesure qu'il parle, la caméra se recule jusqu'en plan général pour les découvrir tous finissant de dîner dans la cour).

JULES. En vertu de mes pleins pouvoirs d'ordonnateur, je propose que, pour abolir une fois pour toutes les monsieur, madame, mademoiselle et cher ami, on boive fraternité avec mon vin favori « Nussberger ». Pour éviter le geste traditionnel d'entremêler nos bras, les pieds des buveurs se toucheront sous la table.

Jules se rassied. Plan général des cinq attablés.

VOIX, *off.* Ce qui fut fait.

Gros plan des pieds sous la table : souliers d'homme et de femme qui se rapprochent et se touchent l'un l'autre.

VOIX, *off.* Entraîné par sa joie, Jules ôta vite les siens…, ceux de Jim restèrent un moment accolés à un pied de Catherine qui, la première, écarta doucement le sien.

16 Jeanne Moreau, Oscar Werner.

Panoramique vertical vers le haut de la table qui les **15**
recadre tous les cinq. Jules regarde sa voisine, Catherine.
Ils boivent et rient.

L'écran se resserre pour cadrer uniquement Catherine et **16**
Jules, joyeux..

VOIX, *off.* Un sourire heureux et timide errait sur les lèvres
de Jules, disant aux autres qu'ils étaient dans son cœur.

GYMNASE / INTÉRIEUR

Dans une salle du gymnase, Jules et Jim, couchés très
proches l'un de l'autre, se font masser. Jules est en train
de lire la traduction (en allemand) qu'il a faite du manus-
crit de Jim. Sa voix s'estompe vite pour laisser place à la
voix off.

VOIX, *off.* Pendant un mois, Jules disparut. Il voyait Catherine seul, pour son compte. Mais c'est naturellement au gymnase que les deux amis se retrouvèrent.

JULES. *... Dann ist es wohl besser für diesen Mann, nicht zu*
heiraten.

JIM. Très bien, Jules.

JULES, *après un temps.* Venez passer la soirée avec Catherine et moi… Vous voulez ?

JIM. D'accord !

ESCALIER APPARTEMENT CATHERINE

Jules, suivi de son ami Jim, monte l'escalier qui mène chez Catherine. On les suit tous les deux en plan rapproché.

JULES. J'ai tellement parlé de vous… Catherine est très impatiente de vous connaître davantage, mais… *(Un temps, et Jules, très grave, se retourne vers Jim, chacun d'eux marquant un temps d'arrêt. Caméra à la hauteur de Jim, donc Jules en contre-plongée.)* Pas celle-là, Jim, n'est-ce pas [2] ? *(Jim acquiesce sans répondre et ils continuent à monter l'escalier.)*

Enchaîné.

CHAMBRE CATHERINE

Catherine, de dos, voit par la vitre Jules et Jim monter les dernières marches de l'escalier et s'approcher de sa porte. Elle se dirige vers le rideau qui fait office de porte. Ils entrent : plan général de la pièce. Jules se penche vers Catherine (encore en chemise de nuit) et lui parle à l'oreille.

CATHERINE. Bonjour, monsieur Jim.

JULES, *à Catherine qui se dirige derrière le paravent pour s'habiller.* Il faut prononcer Djim à l'anglaise avec un « D » devant. *(On voit Catherine derrière son paravent enfiler un pantalon d'homme.)* Non, Gimme…, ça ne lui ressemble pas.

Les deux hommes prennent des chaises tandis que Catherine apparaît déguisée en « Kid » de Charlot. On la suit en panoramique jusqu'à eux..

---

2. En sous-titre : « *Pas celle-là, Jim !* » Ce sous-titre a paru nécessaire à Truffaut en fonction, d'une part, de l'importance du texte et, d'autre part, de l'accent étranger de Jules.

17 Jeanne Moreau, Henri Serre, Oscar Werner.

JULES, *à Jim.* Qu'est-ce que vous pensez de notre ami Thomas ? Pouvons-nous sortir avec lui ?

Les deux hommes examinent Catherine qui se contemple dans un miroir. Elle a mis une casquette qui cache sa chevelure.

JIM. Pas mal du tout. Une ombre de moustache, peut-être ?

Les deux hommes se lèvent et vont à elle. Jim, alors que Catherine se regarde toujours dans la glace, prend le menton de la jeune femme et, de l'autre main, lui dessine sur la lèvre supérieure une moustache. Catherine rit. 17 *Jules la regarde amoureusement et, tandis qu'elle raccroche son miroir, Jim lui tend un petit cigare et lui offre du feu.*

CATHERINE. Et maintenant, l'épreuve de la rue.

RUE DE PARIS

Toujours son cigare à la bouche, Catherine précède les deux hommes. Elle se retourne un court instant vers eux et rabat la casquette sur ses yeux. Autre rue : ils longent la grille d'un pont jeté au-dessus d'une voie ferrée et passent 18

18 Henri Serre, Jeanne Moreau, Oscar Werner.

19 Jeanne Moreau,
Henri Serre, Oscar Werner.

*près d'une vespasienne. Un homme en sort, une cigarette
éteinte à la bouche et s'approche de Catherine isolée.*

LE PASSANT. Pardon, monsieur, voudriez-vous me donner du
feu, s'il vous plaît ?

*Gros plan de Catherine qui tend son cigare vers la ciga-
rette du passant.*

LE PASSANT. Merci, monsieur.

*Court enchaîné : les trois amis descendent un escalier qui
mène à une passerelle enjambant d'autres voies de chemin de fer.*

VOIX, *off.* Catherine était contente du succès de sa ruse ;
Jules et Jim étaient émus comme par un symbole qu'ils ne
comprenaient pas.

*Catherine s'assoit au bas des marches de l'escalier et
regarde le ciel. Jim la regarde et l'imite.*

JIM. Ou bien je rêve ou alors il pleut !

CATHERINE et JULES. C'est peut-être les deux.

CATHERINE. Alors, s'il pleut, partons au bord de la mer. *(Elle
se lève et les regarde.)* On part demain…

*Les ayant rejoints, Catherine les emmène vers la passe-
relle. Elle contemple l'autre bout, puis propose à ses amis :*

CATHERINE. Le terrain me paraît excellent…, je propose une
course de vitesse. Au premier qui arrive au bout de la passerelle.

*Les deux hommes, d'un commun accord, imitent Cathe-
rine et s'accroupissent, prêts au départ.*

JULES. Attention, prêt ! Un, deux… *(Catherine part.)* Oh !…
Trois.

*Les deux hommes foncent aussi. Catherine a environ deux
mètres d'avance. Tous les trois courent d'abord face à* **19**
*nous, puis la caméra en panoramique suit en gros plan le
visage de Catherine. (Bruit de son souffle.) Enfin, Catherine pousse un cri et tombe joyeusement en s'asseyant à
l'autre bout de la passerelle. Les deux hommes arrivent
également essoufflés et l'imitent.*

JIM. Thomas, vous avez triché.

CATHERINE. Mais j'ai gagné.

JULES. Thomas gagne toujours. Il parle trois langues, nage comme un poisson.

JIM. Est-ce que Thomas sait faire les pieds au mur ?

CATHERINE. Vous lui apprendrez.

Elle se lève et remet sur la tête de Jim le chapeau qu'elle lui avait ôté quelques secondes auparavant.

CATHERINE. Monsieur Jim, voulez-vous venir demain chez moi m'aider à porter mes bagages à la gare ?

À ces mots, elle se sauve. Les deux amis se regardent, puis se lèvent et filent dans la direction qu'elle a prise.

JIM. Quel mélange, cette Catherine !

JULES. Elle est d'origine aristocratique par son père, populaire par sa mère. Son père descend d'une vieille famille bourguignonne. Sa mère était Anglaise. Grâce à cela, elle ignore la moyenne et elle enseigne à ceux qui la regardent…

JIM. Qu'enseigne-t-elle ?

JULES. Shakespeare !

Panoramique sur l'escalier qu'ils descendent tous les deux. Catherine est au bas, qui les attend.

VOIX, *off*. Jim la considérait tellement comme à Jules, qu'il n'essayait pas de s'en faire une idée nette. Le sourire tranquille revenait de lui-même se poser sur la bouche de Catherine ; il lui était naturel, il l'exprimait toute.

CHAMBRE CATHERINE / JOUR

Le lendemain matin, Catherine dans sa chambre range ses affaires. Elle est en chemise de nuit. Jim entre dans la pièce.

CATHERINE. Bonjour, je suis presque prête… Je n'ai plus que ma robe à passer.

Jim, une fois dans la pièce, s'apprête à prendre les bagages. Il jette négligemment son chapeau sur le lit.

20 Jeanne Moreau, Henri Serre.

Catherine sursaute.

CATHERINE. Ah ! chapeau !... Jamais sur les lits.

Elle déplace le chapeau, tandis que Jim s'affaire et va vers un vélo posé contre le mur.

JIM. On emporte la bicyclette ?... La valise aussi ?

Il prend la bicyclette et la pose vers la porte d'entrée, tandis que Catherine prend un vase de nuit plein de papiers qu'elle renverse, accroupie, sur le parquet.

JIM. Qu'est-ce que vous faites ?

CATHERINE, *contemplant les lettres.* Je vais brûler des mensonges.

Jim s'est assis tout près, sur le lit.

CATHERINE. Donnez-moi du feu.

Jim tend à Catherine une boîte d'allumettes. Elle met le feu aux lettres avec le plus grand sérieux, sans se soucier le moins du monde de la présence de Jim. Plan flash sur les papiers qui brûlent près du pot de chambre. Des flammes gagnent le bas de la chemise de nuit de Catherine qui pousse un cri. Jim se précipite, prend une ser- **20**

21 Jeanne Moreau, Henri Serre.

viette, entoure les chevilles de Catherine, puis tape sur les papiers et finalement éteint ce début d'incendie.

JIM. Ça va ?

Catherine se sauve derrière le paravent.

JIM. Pas trop de mal ?

CATHERINE, *off.* Non, passez-moi ma robe… Là ! *(Elle montre du doigt.)* Au pied du lit.

Il va chercher la robe, la lui tend puis examine les papiers calcinés.

JIM. Vous avez un balai ?

CATHERINE, *off.* Oui, sous votre nez.

Jim balaie les papiers et amasse tous les bagages près de la porte, tandis que sort, de derrière le paravent, Catherine habillée.

CATHERINE. Vous pouvez m'aider ?

JIM. Voilà.

Il s'approche d'elle, tandis qu'elle se retourne pour mon-

trer les boutons de sa robe à boucler dans le dos. Il s'exé-
cute.

CATHERINE. Merci.

Catherine regarde les bagages rangés, puis examine la
pièce et prend près d'elle, posé sur la table, un petit flacon.

CATHERINE. On emporte ça aussi.

JIM. Qu'est-ce que c'est ?

CATHERINE. Du vitriol pour les yeux des hommes menteurs.

Catherine s'apprête à loger le flacon dans la dernière
valise.

JIM. Le flacon va se casser dans la valise. Vous allez brûler
tout votre linge. *(Un temps.)* Du reste, on peut acheter du
vitriol partout.

CATHERINE, *faussement étonnée.* C'est vrai ?... Mais ce ne
sera pas la même bouteille !... J'avais juré de ne me servir
que de celle-là.

On suit Catherine en panoramique jusqu'à l'évier de la
chambre, dans lequel elle verse le contenu du flacon. Gros
plan de l'évier qui fume. Puis retour au centre de la
chambre : Jim prend une malle. Catherine met son cha-
peau et ses gants. Comme les deux mains de Jim sont
occupées par des paquets, elle lui met son chapeau et ils
sortent. Fermeture fondu.

CAMPAGNE / EXTÉRIEUR

Ouverture fondu sur un paysage du midi de la France.
(Plan fixe.) Un train passe. (Fumée du train.) Travelling
sur un paysage très ensoleillé de la côte. On aperçoit,
alors qu'on s'approche d'elle, une tache blanche : c'est
une belle maison claire, isolée dans la campagne [3].

---

3. En fait, la maison choisie (Médost) est située au Plan-de-la-Tour, joli
petit village à l'intérieur des terres, à une dizaine de kilomètres de Sainte-
Maxime ; c'est précisément dans cette commune que demeurait, au milieu
d'un grand domaine, le fils d'Henri-Pierre Roché, l'auteur du roman ; la
richesse de la végétation et de la faune lui permit d'observer la vie des
oiseaux et de réaliser de très nombreux enregistrements de leurs chants.
Un incendie a ravagé les deux tiers de la commune le 15 juillet 1970.

22 Henri Serre (en haut), Jeanne Moreau, Oscar Werner.

VOIX, *off* : Ils durent chercher longtemps le long de la côte avant de trouver à louer la maison rêvée, trop grande, mais isolée, un peu solennelle, blanche dehors et dedans, sans meubles.

Légère contre-plongée de la maison en plan rapproché. Les volets sont clos. Le soleil illumine la façade. Soudain la fenêtre centrale du premier étage s'ouvre. Apparaît Catherine au balcon.

CATHERINE, *appelant*. Jules !

Plan flash sur la fenêtre voisine qui s'ouvre : apparaît Jules ébouriffé et ensommeillé.

CATHERINE. Bien dormi ?

JULES. Très bien.

CATHERINE. Jim est réveillé ?

JULES. Je ne sais pas.

22   *Ils lèvent la tête en direction de l'étage supérieur. À la fenêtre centrale apparaît Jim ouvrant ses volets. Il est torse nu et se penche joyeusement au balcon, en bas, vers les autres.*

42

JIM. Comment vont les autres ?

Plan moyen en légère contre-plongée des trois fenêtres.

CATHERINE. Les autres vont bien. *(Un temps.)* Ce qu'il fait beau ! Allez, dépêchez-vous, on va à la plage.

Enchaîné lent : nous nous trouvons toujours aux approches de la maison provençale et suivons (travelling avant) les trois amis partant en promenade.

Ils se tiennent d'abord tous les trois par la main, comme des enfants puis se lâchent. Ils regardent par terre et, parfois, l'un d'eux se baisse pour ramasser un objet insolite (la plupart du temps des vestiges de campeurs) et s'avancent en direction d'une forêt.

CATHERINE. Partons à la recherche des derniers signes de la civilisation… Un morceau d'Hutchinson !

Elle le présente à ses amis, puis le jette au loin.

JIM. Regardez…, une bouteille !

JULES. Une chaussure.

Gros plan sur la main de Catherine qui ramasse un morceau d'assiette.

CATHERINE, *off.* Un morceau de porcelaine !…

Plan général des trois, maintenant dans la forêt. Catherine est en tête.

CATHERINE, *regardant de droite à gauche.* Mes enfants, je crois bien qu'on est perdus.

JULES, *avisant un arbre.* Alors, il faut grimper dans un arbre.

Gros plan des mains de Jim faisant la courte échelle à Jules, qui, une fois hissé dans l'arbre, contemple alentour. Panoramique au-dessus des arbres qui aboutit à la maison vue par Jules.

JULES, *s'exclamant.* La maison, oui… Là !

Jules redescend. On retrouve les deux hommes face à face, tandis qu'un peu plus loin on peut distinguer Catherine qui s'est étendue dans l'herbe, adossée à un arbre. Plan rapproché de Jules et de Jim.

24 Jeanne Moreau.

23 Henri Serre, Jeanne Moreau, Oscar Werner.   25 Jeanne Moreau…

JULES. M'approuvez-vous de vouloir épouser Catherine ? *(Un temps.)* Répondez-moi franchement.

JIM. Est-elle faite pour avoir un mari et des enfants ? Je crains qu'elle ne soit jamais heureuse sur cette terre. Elle est une apparition pour tous, peut-être pas une femme pour soi tout seul.

Gros plan de Catherine qui, au loin, renverse la tête, puis plan général, les deux hommes s'étant approchés d'elle.

JIM. Allez, il faut continuer.

CATHERINE. Non, cette fois-ci, je ne bouge plus… J'abandonne.

JULES ET JIM. Allez !… Allez !…

23 *Ils la relèvent et, faisant de leurs mains entrelacées une chaise, ils la portent vers la maison. Long enchaîné qui aboutit sur Catherine (un autre jour), qui court vers la corde à linge du jardin de la villa. Sur la corde, sèchent*
24 *les maillots de bain de chacun. Elle les décroche.*

CATHERINE. Allez, les enfants !… Aidez-moi !

Elle leur pose leur maillot dans les bras, puis, finalement,
25 *chacun prend sa bicyclette et file. Plan d'ensemble sur la route : Jim est devant, Catherine le rattrape bientôt. Jules,*

46

... Oscar Werner.   **26** Jeanne Moreau.

derrière, avance moins vite. Série de plans divers les voyant évoluer sur les routes qui mènent à la plage ; tantôt ils sont tous les trois séparés, tantôt ils roulent doucement côte à côte, tantôt (et le plus souvent) Catherine file très vite devant, laissant Jules et Jim pédaler de concert.

LA PLAGE

Enchaîné sur la plage. Les deux hommes en maillot sortent de l'eau et courent en riant retrouver Catherine couchée sur le sable et protégée par une ombrelle. Elle les regarde s'approcher et quitte le livre qu'elle lisait.   **26**

CATHERINE. Enfin, je viens de lire un livre qui me plaît. Un homme, évidemment, c'est un Allemand *(plan rapproché sur elle),* ose dire tout haut ce que je pense tout bas. Le ciel que nous voyons est une boule creuse, pas plus grande que ça. *(Tout en parlant, elle illustre sa théorie avec ses mains et ses doigts.)* Nous marchons debout, la tête vers le centre. *(Plan rapide de Jules qui la contemple.) The attraction pulls toward the outside under our feet toward that solid crust in which this bubble is enclosed.*

Plan sur Jules, qui, intéressé mais craignant que Jim ne comprenne pas, lui traduit :

27 Jeanne Moreau, Oscar Werner.

JULES. L'attraction tire vers l'extérieur, sous nos pieds, vers la croûte solide dans laquelle… euh !… cette bulle est enfermée.

Satisfait, Jules se lève. Plan général des trois.

JIM. Quelle épaisseur a cette croûte ? Et qu'y a-t-il au-delà ?

CATHERINE. Allez-y voir ! Qu'y a-t-il au-delà ?… Ce n'est pas une question à poser entre *gentlemen*.

Jim se lève à son tour et les deux hommes repartent se baigner en sautillant et en jouant.

Gros plan de Catherine qui les regarde s'éloigner. Les deux hommes jouent avec les vagues… et on revient à nouveau sur Catherine, qui semble s'être endormie.

Cut sur les trois amis maintenant habillés, qui remontent, leur vélo à la main, de la plage à la route. Catherine passe devant les deux hommes, qui montent côte à côte. Puis, Jules presse le pas et rejoint Catherine.

JULES. Catherine, donnez-moi votre réponse demain. Si c'est non je répéterai ma demande chaque année, le jour de votre anniversaire.

Jules et Catherine passent. On reste sur Jim qui écoute au loin Catherine.

CATHERINE, *off.* Vous n'avez pas connu beaucoup de femmes… Moi, de mon côté, j'ai connu beaucoup d'hommes ; cela fera une moyenne. Peut-être pourrons-nous former un couple honnête.

Plan général : ils démarrent tous sur leur bicyclette.

Catherine file très vite, la première, laissant Jules qui est vite rattrapé par Jim. Tous deux pédalent lentement ensemble.

JULES, *à Jim.* J'ai demandé à Catherine de m'épouser. Elle a presque dit oui.

Panoramique devant eux rejoignant Catherine filant à toute allure et long enchaîné.

MAISON PROVENÇALE / EXTÉRIEUR

Fin de l'enchaîné donnant sur la table du jardin : une main en gros plan déplace un domino.

CATHERINE, *off.* À quinze ans, j'étais amoureuse de Napoléon.

Panoramique vertical sur Catherine, qui joue avec un petit buste en bronze de Napoléon. Elle est assise un peu à l'écart sur un banc, près du mur de la maison. Les deux hommes jouent aux dominos.

CATHERINE. Je rêvais que je le rencontrais dans un ascenseur. Il me faisait un enfant et je ne le revoyais jamais. Pauvre Napoléon ! *(Elle embrasse furtivement la statuette. Un temps. Les deux hommes ne font pas attention et jouent.)* On m'avait appris, petite fille : « Notre Père qui êtes aux cieux… » Et moi, j'avais compris : « Notre Père qui quêtes aux cieux »… et j'imaginais mon père déguisé en bedeau barbu faisant la quête devant le paradis. *(Un temps.)* En principe, je viens de raconter une histoire drôle… en tout cas amusante. Vous pourriez rire… Je ne sais pas, moi, sourire. *(Furieuse, elle hausse les épaules, puis essaie de se gratter le dos.)* Est-ce que quelqu'un, ici, accepterait de me gratter le dos ?

49

28 Henri Serre, Jeanne Moreau, Oscar Werner.

JULES, *tout à son jeu.* Gratte-toi, le ciel te grattera.

CATHERINE. Quoi ?

> *Elle se lève et s'approche de la table.*

JULES, *levant la tête.* Gratte-toi, le ciel…

> *Jules ne peut finir sa phrase, car Catherine, près de lui, vient de le gifler violemment.*

CATHERINE. Tiens !…

> *Il la regarde un instant durement, puis éclate de rire. Panoramique sur Jim qui se met également à rire. Panoramique sur Catherine debout, qui en fait autant.*

28 CATHERINE, *riant encore.* Avant de vous connaître tous les deux, je ne riais jamais. Je faisais des têtes comme ça. *(Succession de gros plans de Catherine dont l'expression changeante se fixe une seconde.)* Ou comme ça. Mais c'est fini, plus jamais ça ! Mais comme ça !… *(Rire des trois.)*

> *Enchaîné rapide sur la fenêtre de Catherine vue de l'extérieur. Il pleut. La fenêtre s'ouvre et Catherine apparaît au balcon.*

CATHERINE. Il pleut ?… Oh ! venez voir.

Les deux hommes arrivent sur le même balcon et Jules prend Catherine dans ses bras.

CATHERINE. Je m'ennuie de Paris, rentrons à Paris, s'il vous plaît… Demain soir on sera à Paris.

Ils rentrent dans la maison. Fondu rapide et série de plans, en contre-plongée, des fils télégraphiques, puis plan de la gare de Lyon (à l'époque), des rues de Paris… et de la cour-jardin de l'appartement de Jules. Jim, élégamment vêtu, chargé de paquets, monte l'escalier qui mène à l'appartement.

APPARTEMENT JULES

Jim arrive dans la première pièce déserte, pose ses paquets et frappe dans ses mains.

JIM, *appelant.* Catherine !… Jules !…

Ceux-ci arrivent précipitamment et le congratulent.

JIM. Ça y est, j'ai signé avec mon éditeur. *(Prenant un paquet et le tendant à Catherine.)* Ça, voilà, c'est pour Catherine. *(Puis tendant une toile de Picasso.)* Ça, c'est pour vous deux.

JULES. C'est formidable.

Ayant ouvert son paquet, Catherine brandit un élégant gratte-dos.

CATHERINE. Qu'est-ce que c'est ?

JIM. C'est une petite main pour se gratter le dos.

Catherine chatouille Jules avec le gratte-dos, puis l'essaie sur elle-même. Enfin, sérieux, ils ouvrent les autres paquets : un carton à chapeau dont ils extirpent deux chapeaux qu'ils mettent sur leur tête.

JIM, *off.* Je vous emmène au théâtre. *(Plan des trois.)* J'ai pris trois places pour ce soir.

CATHERINE. Qu'est-ce qu'on va voir au théâtre ?

La caméra suit Jules qui va aussitôt chercher le sablier et revient avec lui.

Jim, *off* : Une nouvelle pièce d'un auteur suédois.

Jules. Le théâtre est à neuf heures. Quand le sable sera en bas, il faudra nous habiller.

Joyeusement les trois amis sortent de la pièce et descendent dans la cour-jardin pour aller s'asseoir sous une tonnelle, tandis que la voix off commente.

Voix, *off*. Jim vit souvent ses amis. Il se plaisait avec eux ; le grand lit mérovingien était inauguré officieusement. Les deux oreillers de Jules étaient maintenant côte à côte et ce lit sentait bon. Catherine embellissait et reprenait racine dans la vie.

BALCON THÉÂTRE

Plan moyen sur quelques spectateurs du balcon. Catherine est assise entre Jules et Jim. Par un jeu d'ombre et de lumière, on distingue sur leur visage que le rideau doit se baisser. Catherine applaudit très fort. Jim plus mollement. Jules bâille.

QUAIS DE LA SEINE / NUIT

Catherine, la première, descend le sombre escalier du quai qui mène à la rive. Il fait très sombre. Catherine enlève sa veste et la fait tourner comme une hélice.

Catherine. Malgré tout, cette fille me plaît. Elle veut être libre. Elle invente sa vie à chaque instant.

Jules. Jim n'a pas l'air enchanté ?

Jim. Franchement, non ; c'est une pièce confuse et complaisante ; encore un de ces types qui prétendent peindre le vice pour mieux montrer la vertu.

Jules. On ne sait pas à quelle époque ça se passe, ni dans quel milieu… L'auteur n'a pas expliqué si l'héroïne est vierge ou non.

Tous les trois longent la berge en discutant. Catherine continue à faire tourner sa veste.

Catherine. Ça n'a pas d'importance.

JIM. Cela n'aurait aucune importance si le conflit était purement sentimental, mais puisque l'auteur précise que le héros est impuissant, que son frère est homosexuel et que sa belle-sœur est nymphomane, il nous doit des précisions physiques sur l'héroïne... C'est logique, non?

CATHERINE. Non... et puis d'abord vous ne pensez qu'à ça!

JULES. Parfaitement, madame, on ne pense qu'à ça et vous nous y aidez.

JIM. Pas de psychologie ce soir, Jules!

Catherine, vexée, part en avant. Plan sur elle qui longe le parapet, monte dessus et marche comme un funambule.

JULES, *off*. Ce n'est pas de la psychologie, c'est de la métaphysique. Dans le couple, l'important c'est la fidélité de la femme. Celle de l'homme, c'est secondaire. Et qui a écrit : « La femme est naturelle, donc abominable?... »

JIM, *off*. C'est Baudelaire, mais il parlait des femmes d'un certain monde, d'une certaine société...

Retour sur eux deux qui continuent à marcher sans s'occuper de Catherine.

29 Henri Serre, Oscar Werner, Jeanne Moreau.

JULES. Mais pas du tout. Il parlait de la femme en général. Ce qu'il dit de la jeune fille, c'est magnifique : « Épouvantail, monstre, assassin de l'art, petite sotte, petite salope… *(On revient sur Catherine qui, toujours en avant, s'est arrêtée un instant, puis repart en souriant. Jules, en off.)* La plus grande imbécillité unie avec la plus grande dépravation… » Un instant, je n'ai pas fini. Et ceci, admirable *(retour sur Jules et Jim, qui regardent, tout en parlant, évoluer dangereusement Catherine)* : « J'ai toujours été étonné qu'on laisse les femmes entrer dans les églises. Quelle conversation peuvent-elles avoir avec Dieu ? »

Panoramique sur Catherine : elle se retourne vers eux.

CATHERINE. Vous êtes deux idiots.

JIM. Moi, je n'ai rien dit et je n'approuve pas forcément ce que dit Jules à deux heures du matin.

CATHERINE, *en gros plan flash*. Alors, protestez !

JIM, *dignement*. Je proteste.

29　*À ces mots, Catherine étend les bras, lâche sa veste qui tombe à terre, relève sa voilette…, puis saute dans la Seine. Jules et Jim se précipitent aussitôt et regardent l'eau. On ne distingue pour l'instant que le chapeau qui flotte.*

VOIX, *off*. Le plongeon de Catherine se grava dans les yeux de Jim au point qu'il en fit le lendemain un dessin…, lui qui ne dessinait jamais. Un éclair d'admiration jaillit en lui, tandis qu'il envoyait à Catherine par la pensée un baiser invisible ; il était tranquille, il nageait mentalement avec elle… et gardait son souffle pour bien effrayer Jules… Le chapeau de Catherine suivait tout seul le fil de l'eau.

Avec précipitation, les deux amis sont descendus tout près de l'eau. Plan général de l'eau : la tête de Catherine réapparaît. Elle nage vers l'escalier de la berge où Jules et Jim tendent leurs bras.

JULES et JIM. Catherine ! Catherine !

JULES. Catherine, mais tu es fou, tu es fou !… *(Un temps.)* Prenez ma main !… Là !… Par là, Catherine.

Ils la sortent de l'eau et tous trois s'engouffrent dans un taxi stationné dans les parages.

INTÉRIEUR TAXI

Catherine, toute mouillée, est assise entre eux deux.

VOIX, *off.* Jules était pâle, silencieux, moins sûr de lui et plus beau. Catherine était, avec son sourire inchangé, comme un jeune général modeste, après sa campagne d'Italie. Ils ne parlèrent pas du plongeon.

Après un certain temps, le taxi s'arrête enfin.

JIM. Je suis arrivé.

Jim s'apprête à descendre quand Catherine l'arrête du bras.

CATHERINE. S'il vous plaît, monsieur Jim.

JIM. Non, Jim tout court.

CATHERINE. Jim tout court, je désire avoir un entretien avec vous et vous demander un conseil. Voulez-vous m'attendre demain à sept heures dans la première salle de notre café ?

JULES, *à Jim.* Oui, Catherine veut vous parler.

JIM. Entendu, j'y serai à sept heures.

Il sort du taxi qui s'enfonce dans la nuit.

INTÉRIEUR CAFÉ

Plan d'ensemble de la salle du café.

Au centre, face à la caméra, Jim, cigarette aux lèvres, est assis à une table. Plan flash sur l'horloge qui marque 19 h 15. Le garçon sert quelques consommateurs.

Série de plans sur ces derniers ; l'un d'eux, seul, est presque affalé sur la table près d'une pile de soucoupes ; plus loin, deux autres clients discutent. Sur le mur, une affiche de galerie de tableaux annonçant une exposition de Picasso.

UN CLIENT. Vous plaisantez.

UN AUTRE CLIENT. Je ne plaisante jamais… D'ailleurs, je n'ai pas d'humour. Bien sûr, je connais des gens qui ont de l'hu-

30 Au centre, assis, Henri Serre ;
à droite, moustachu blond assis, Jean-Louis Richard.

mour : des amis de ma femme, des collègues de bureau, mais
moi-même, personnellement, je n'ai pas d'humour.

Sur ces mots sentencieux l'homme met son journal (c'est
Le Figaro) *dans sa poche et se lève.*

*Retour sur Jim. Puis, pendant la durée du commentaire,
série de plans sur des consommateurs qui entrent et qui
sortent. (Tous ces plans ont des caches à droite et à
gauche pour rétrécir le champ en largeur.)*

VOIX, *off.* Jim était arrivé en retard au café, comme souvent,
par optimisme. Il était mécontent de lui et craignait de n'être
pas le premier au rendez-vous. Jim pensait : « Une fille
comme elle peut parfaitement être venue et repartie à sept
heures et une minute, ne me trouvant pas. Une femme
comme elle peut avoir traversé rapidement cette salle, sans
m'apercevoir derrière mon journal, et avoir filé illico. » Il se
répéta : « Une femme comme elle… Une femme comme
elle… » Mais comment est-elle donc ?… Et pour la première
fois, il se mit à penser à Catherine, directement.

30   *Le garçon de café va de table en table et sert les clients. Il*

56

*est derrière Jim lorsque celui-ci, après un regard vers la
pendule qui marque 19 h 50, l'appelle.*

JIM. Garçon ! Un autre café, s'il vous plaît.

Le client affalé sur la table lève à peine la tête.

L'IVROGNE. Garçon, un autre verre.

*Le garçon revient, sert ses clients. Jim, au bout d'un ins-
tant, ne tient plus en place. Gros plan sur lui : il met son
chapeau, se lève et sort.*

TERRASSE DU CAFÉ

*Nonchalamment, Catherine, très élégante, se dirige vers
nous tout en regardant à droite et à gauche et cherchant
Jim dans le café. Elle entre et sort, tandis que, dans la rue,
passe une voiture bruyante.*
*Un vif désappointement se lit sur son visage. Après avoir
encore un peu hésité, elle s'en va. (Enchaîné rapide.)*

APPARTEMENT JIM / NUIT

*Puis, suivant la conversation téléphonique, plans alternés
dans l'*

APPARTEMENT JULES / NUIT

*Jim est couché dans son lit. Il ne dort pas mais sommeille.
La sonnerie du téléphone le fait sursauter. Il prend aussitôt le récepteur.*

JIM. Allô !…

*On passe aussitôt dans l'appartement de Jules : ce dernier
est couché au côté de Catherine. Jules a le téléphone.*

JULES. Allô, Jim ? Je vous réveille ?… Nous partons dans
mon pays, Catherine et moi… Pour nous marier.

*Catherine se précipite sur le téléphone, décroche le
second écouteur et le colle à son oreille, très attentive.*

JIM, *voix off de l'écouteur.* Bravo, Jules !… *(Retour sur Jim
chez lui.)* Vous m'excuserez auprès de Catherine. Je suis
arrivé en retard à notre rendez-vous… J'ai attendu jusqu'à
huit heures moins dix…

Série de plans alternés d'un appartement à l'autre suivant le dialogue téléphonique.

JULES. Elle est plus optimiste que vous sur la question du temps. Elle était chez le coiffeur. Elle a dû arriver au café à huit heures pour dîner avec vous.

JIM. Si j'avais pu supposer qu'elle pût encore venir, j'aurais attendu jusqu'à minuit.

JULES, *off dans l'appareil.* Je vous passe Catherine, qui veut vous parler.

31   *Catherine a saisi l'appareil des mains de Jules couché tout contre elle et qui prend l'écouteur.*

CATHERINE. Allô, Jim! Je suis très contente. Vous savez, Jules va m'apprendre la boxe française.

JIM, *off, dans l'appareil.* La boxe française avec une pointe d'accent autrichien.

32   *Catherine sourit, alors que Jules lui reprend l'appareil. La caméra isole peu à peu Jules au téléphone jusqu'au gros plan.*

JULES. Moi? Je n'ai pas d'accent, ma prononciation est excellente. Laissez-moi vite vous dire. *Il se met à chanter, toujours avec son fort accent. De sa main libre, il bat la mesure : il semble très heureux.)*

Allons enfants de la Patrie,
Le jour de gloire est arrivé.
Contre nous de la tyrannie
L'étendard sanglant est levé. *(Un temps.)*

Entendez-vous dans nos campagnes
Mugir ces féroces soldats ?
Ils viennent jusque dans nos bras
Égorger nos fils et nos compagnes.

(Jules chante de plus en plus fort, avec de plus en plus **33**
d'accent et bat énergiquement la mesure.)

Aux armes, citoyens !
Formez vos bataillons !
Marchons, marchons,
Qu'un sang impur
Abreuve nos sillons.

Nous entrerons dans la carrière…

Le chant de Jules se perd en fondu sonore. Enchaîné sur
une affiche en gros plan où sont inscrits les mots : Mobili-
sation générale [4].

4. À la suite de cette scène, nous n'indiquerons que les plans principaux de
la guerre 1914-1918. Il s'agit en effet d'une série de films d'actualités de
l'époque qui furent prêtés à François Truffaut par le Service cinématographique de l'Armée et les Films de La Pléiade.

Guerre 1914-1918

Pendant que se déroule un commentaire, nombreux plans d'actualités (avec cache des deux côtés) : convois de soldats, départ d'un train, camions, chevaux..., à nouveau, train de munitions.

Plan sur des soldats français qui défilent, puis sur des soldats allemands qui font de même.

Des tranchées : scènes de combat à la grenade dans les tranchées (bruit assourdissant). Un obus éclate près de l'entrée d'une tranchée. Des soldats (français et allemands) tombent. Retour sur d'autres tranchées : des soldats allemands se lancent à l'attaque d'une tranchée, baïonnette au canon. (Bruits de bombes, d'obus, crépitements de mitrailleuses.) Vues de soldats faits prisonniers (tantôt allemands, tantôt français).

Voix, *off* : Quelques jours après, la guerre éclatait. Jules et Jim furent mobilisés, chacun dans l'armée de son pays et ils restèrent longtemps sans nouvelles l'un de l'autre.

Les tranchées sous la neige. Quelques soldats, emmitouflés, tapent le sol du pied pour se réchauffer.

Voix, *off*. La guerre s'éternisait, et l'on s'installait dans la guerre ; au début, ce n'était qu'un combat à mener, mais, peu à peu, une vie normale s'était organisée, rythmée par les saisons. Une vie normale avec ses temps morts, sa routine, ses pauses et même ses distractions.

Toujours vues d'actualités : au guichet d'un « Théâtre aux armées », un soldat prend sa place.

Plan rapproché sur un danseur « gesticulant » sur scène. Plan général de la scène et de la salle qui applaudit. Plans de convois de trains : des permissionnaires arrivent en gare.

Voix, *off*. Jim, dans les tranchées, recevait des colis de Gilberte ; plusieurs fois, il lui annonça sa venue en permission, plusieurs fois les permissions furent annulées. Enfin, au printemps 1916, il vint passer une semaine à Paris.

34 Vanna Urbino, Henri Serre.

RUE DE PARIS

Une rue vide, un trottoir et, longeant le trottoir, une palissade de bois sur laquelle sont affichées, identiques, de nombreuses affiches mentionnant : « Emprunt de la Défense nationale » ; plan rapproché sur l'une d'elles, puis zoom arrière pour cadrer Jim (en poilu) et Gilberte bras dessus, bras dessous. Ils marchent le long du trottoir. **34** *(Panoramique qui les suit.)*

GILBERTE. On n'épouse pas une femme pour la remercier de vous envoyer des colis… On est très bien comme ça, je t'assure.

JIM. Comme tu voudras, mais j'ai quand même la conviction que nous vieillirons ensemble.

GILBERTE. Comment va ton ami Jules ?

JIM. Il a épousé Catherine, mais depuis, je n'ai aucune nouvelle. *(Un temps.)* Tu sais, Gilberte, parfois, dans les tranchées, j'ai peur de tuer Jules.

Avec grand fracas, une bombe sur un champ de bataille éclate en premier plan.

Lignes allemandes / extérieur,
puis intérieur tranchée

Vues rapides de lignes allemandes bombardées. (Bruit assourdissant, nuage de fumée et de poussière.) La caméra s'avance à l'intérieur d'une tranchée. Travelling avant sur Jules, assis à une table de fortune et éclairé par une bougie. Il écrit une lettre. Il est en uniforme, mais nu-tête, son casque à pointe posé près de lui. Il semble relire sa lettre à haute voix [5].

JULES. *Catherine, meine Geliebte, ich denke ununterbrocken an dich, nicht an deine Seele, an die glaube ich nicht mehr, aber an deinen Körper, an deine Schenke, an deine Kuften. Ich denke auch an deinen Bauch und an unsern Sohn da innen. Ich habe keine Kuverts mehr und weiss darum nicht wie dir diesen Brief senden soll. Ich werde an die russische Front geschickt ; es wird schwer sein aber es ist mir lieber*
35 *so, sonst wurde ich in der standige Angst leben, Jim zu toten… Meine Geliebte, ich küsse deine Lippen wund.*

JULES *(sous-titres français).* Mon amour, je pense à toi sans cesse, non à ton âme car je n'y crois plus…, mais à ton corps, tes cuisses, tes hanches : je pense aussi à ton ventre, à notre fils qui est dedans. Comme je n'ai plus d'enveloppe, je ne sais pas comment te faire parvenir cette lettre. Je vais être envoyé sur le front russe. Ça sera dur, mais je préfère cela, car je vivais dans l'angoisse de tuer Jim. Mon amour, je prends ta bouche violemment.

Suite d'éclats d'obus en premier plan. Des soldats lancent des grenades et sortent d'une tranchée. Une section monte à l'assaut. Des canons tirent. Plans rapprochés sur des tranchées recevant les obus.
Au milieu d'une prairie, des mains s'élèvent des hautes herbes…

VOIX, *off.* Le pays de Jules avait perdu la guerre ; le pays de

---

5. Jules lit sa lettre en allemand pendant que se déroulent, au fur et à mesure des phrases, les sous-titres français. Nous avons préféré les écrire en une seule fois, après le texte allemand.

35 Oscar Werner.

Jim l'avait gagnée. Mais la vraie victoire, c'est qu'ils étaient en vie... l'un et l'autre.

À Paris, défilé de la victoire sur les Champs-Élysées. Arc de triomphe de l'Étoile. Attroupements joyeux sur les grands boulevards.

Voix, *off.* Ils se le firent savoir par un pays neutre et leur correspondance reprit normalement.

Jim, à demi caché en plan rapproché, monte un escalier, l'air un peu abattu.

Voix, *off.* Catherine et Jules habitaient un chalet près du Rhin. Une petite fille – Sabine – était née. Jim écrit à Jules : « Que pensez-vous ? Dois-je me marier aussi ? Dois-je avoir des enfants ? » Jules répondit : « Venez et vous jugerez. »

Plans flashes sur une photo en gros plan de Jules en tenue de soldat, puis sur une de Jim également en soldat.

Voix, *off.* Catherine ajouta une ligne d'invitation. Jim partit. C'était un tel événement... qu'il le retardait.

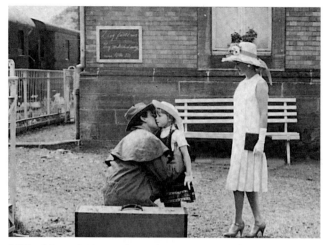

36 Henri Serre, Sabine Haudepin, Jeanne Moreau.

BORDS DU RHIN (FRANCE ET ALLEMAGNE)
LIEUX DIVERS

Jim se promène sur les sommets qui dominent la vallée du Rhin. (Plan d'ensemble du paysage… Jim en plan rapproché à droite.) On suit son regard en panoramique plongée.

VOIX, *off*. Jim flâna le long du Rhin et s'arrêta dans plusieurs villes. Un grand quotidien de Paris publia ses articles sur l'Allemagne d'après-guerre. Il voulut revoir les lieux où il s'était battu le plus durement.

Plans divers sur des lieux et paysages que Jim visite comme en pèlerinage (vues aériennes pour la plupart) et cimetières militaires (alignements de croix blanches à travers lesquels Jim semble chercher des noms d'amis.)

VOIX *off*. Dans certains endroits, le terrain avait été tellement bombardé qu'il n'y avait plus que du fer dans le sol et que des champs entiers étaient devenus incultivables.

Divers plans rapprochés du monument aux morts de Saint-Armand.

VOIX, *off*. Alors, on en faisait des cimetières, que Jim par-

37 Jeanne Moreau, Sabine Haudepin, Oscar Werner, Henri Serre.

courait en cherchant sur les croix les noms de ses camarades
disparus…, des cimetières que, déjà, l'on faisait visiter aux
enfants des écoles.

PETITE GARE ALLEMANDE

*Un petit train local (vu en plongée) traverse une forêt et la
campagne ; il s'approche d'une gare réduite à sa plus
simple expression. (Nous le suivons, caméra en hélicoptère.) Le petit train arrive enfin près de la station. Plan
sur le dernier wagon. Jim est debout sur la plate-forme et
« inspecte » le paysage. Plan rapide derrière les barrières
de la gare. Catherine et sa fille (environ six ans) regardent le train stopper.*

VOIX. *off.* Catherine attendait Jim au portillon de la petite
gare avec sa fille. Son regard chantait de fantaisie et d'au-
dace contenues.

*Le train s'arrête. Comme Jim en descend, on le suit rapi-
dement en panoramique. Il serre la main de Catherine,
puis s'agenouille pour embrasser Sabine.* **36**

CATHERINE. Bonjour, Jim… Voilà Sabine.

SABINE. Bonjour, monsieur Jim.

CATHERINE. Venez !… Jules est impatient de vous revoir.

Jim, sa valise à la main, suit Catherine et sa fille. Plongée des trois, qui prennent la route.

VOIX, *off.* Sa voix grave allait avec le reste ; Jim eut l'impression qu'elle arrivait au rendez-vous du café avec un gros retard et qu'elle s'était vêtue pour lui. Elle amena Jim à leur chalet rustique, au milieu des sapins, près d'une prairie en pente.

Long travelling avant sur la forêt qui mène au chalet. Dans le parcours, Jim a perché Sabine sur ses épaules et Catherine marche à leurs côtés.

Vue sur le chalet… qui s'approche au rythme des arrivants. Jules descend les marches du lieu et se précipite vers Jim. Les deux hommes, dégagés, s'embrassent. Passe ensuite un moment de silence amical…, chaleureux.

JULES. Et comment vont les autres ?

JIM. Oh ! les autres…, vous savez…

Tous les quatre montent l'escalier qui mène au perron de la maison. Jules, en dernier, a pris la valise de Jim. On les suit en travelling latéral jusqu'à la porte d'entrée.

JULES. Vous n'avez pas changé Jim.

JIM. Vous n'avez pas changé, Jules.

CATHERINE. Bref, personne n'a changé.

INTÉRIEUR CHALET

Plan rapproché d'une fenêtre du chalet. Par la vitre, on voit le groupe franchir le seuil (tic-tac de l'horloge). Quand ils entrent, on découvre la pièce (salle de séjour) en plan général. Catherine enlève son chapeau, Jules après avoir déposé la valise dans un coin va s'asseoir dans le rocking-chair avec Sabine sur les genoux. Ils se balancent. Jim s'est assis tout près. Catherine va et vient dans la pièce et dépose des verres sur la table. Gros plans

37

38 Sabine Haudepin, Oscar Werner.

*successifs de chacun, puis plan d'ensemble. Catherine
finit par s'asseoir et tend une pomme à sa fille, puis elle* 37
offre à boire à Jim.

JIM. Non, merci.

CATHERINE, *à Jules.* Tu en veux ?

JULES. Un peu, oui.

*Jim tend son paquet de cigarettes pour en offrir à Cathe-
rine, puis à Jules.*

CATHERINE, *sans en prendre.* Merci.

JULES. Non merci, je ne fume plus depuis que j'aime les
plantes.

*Silence gêné des trois. Gros plan de chacun d'eux, muet,
et retour en plan général.*

JULES. Un ange passe.

Jim finit par sortir sa montre, et, après un temps :

JIM. C'est normal, il est une heure vingt. Les anges passent
toujours à vingt de chaque heure.

JULES. Je ne le savais pas.

CATHERINE. Moi non plus.

Un nouveau silence.

JIM. À vingt et aussi à moins vingt.

38   *Silence. Gros plan de Jules et de sa fille.*

JULES, *souriant.* Alors, crapule, vous avez gagné la guerre ?

Filage aboutissant à un gros plan de Jim.

JIM, *fixant Jules et sa fille.* Voyez-vous, Jules, je préférerais avoir gagné ceci.

Rapide panoramique sur Jules, en gros plan, qui embrasse Sabine. Catherine les regarde et se lève.

CATHERINE. Vous devez avoir faim. Allons nous mettre à table. Après le déjeuner, je vous ferai visiter la maison.

Ils se dirigent tous vers la table et s'apprêtent à s'installer.

CATHERINE. Jim ici, Jules là… Et Sabine à côté de moi.

Pendant que les deux hommes entament une conversation, on suit Catherine qui, entrée dans la cuisine, prend la soupière des mains de la bonne et revient vers la table.

JULES, *off.* Et votre nouveau roman ?

JIM, *off.* Pas encore terminé à cause de ces sacrés articles… Je suis obligé d'y penser toute la semaine et de les écrire dans la nuit du vendredi au samedi pour les envoyer par avion. Et vous ?

Retour sur eux. Gros plan de Jules.

JULES. On m'a commandé un livre sur les libellules. J'écris le texte et je me charge des photos. Catherine fait les dessins et les graphiques. Même Sabine participe… parce qu'elle m'accompagne dans les marais. *(Un temps.)* Je vais faire construire une mare artificielle dans le jardin.

Gros plan de Sabine qui se frotte les yeux. On revient sur Jules, toujours en gros plan. Puis gros plans alternés suivant celui qui parle.

JULES. Un jour, peut-être, je reviendrai à la littérature avec un roman d'amour dont les personnages seraient des insectes. J'ai une mauvaise tendance à trop me spécialiser. J'envie l'ouverture de votre éventail, Jim.

JIM. Oh! moi, je suis un raté. Le peu que je sais, je le tiens de mon professeur, Albert Sorel : « Que voulez-vous devenir? me demanda-t-il. – Diplomate. – Avez-vous une fortune? – Non. – Pouvez-vous, avec quelque apparence de légitimité, ajouter à votre patronyme un nom célèbre ou illustre? – Non. – Eh bien, renoncez à la diplomatie!… – Mais alors, que dois-je devenir? – Un curieux. – Ce n'est pas un métier. – Ce n'est pas *encore* un métier. Voyagez, écrivez, traduisez…, apprenez à vivre partout. Commencez tout de suite. L'avenir est aux curieux de profession. Les Français sont restés trop longtemps enfermés derrière leurs frontières. Vous trouverez toujours quelques journaux pour payer vos escapades. »

Gros plan de Jules qui se tourne vers Catherine que l'on cadre en gros plan après un panoramique filé.

CATHERINE. Jules pense que vous avez une grande carrière devant vous. Moi aussi, mais j'ajoute pas forcément spectaculaire.

CHAMBRE JULES

Long panoramique circulaire qui permet de découvrir la pièce et tous les objets qui la composent. En fin de panoramique, on cadre Jim et Catherine.

CATHERINE. C'est ici que Jules travaille et dort. Notre vie est organisée comme celle d'un couvent. Jules écrit ses livres, chasse ses insectes et toutes ses bestioles. Mathilde, que vous avez vue, est la fille d'un fermier voisin; elle m'aide à m'occuper du ménage et de Sabine.

PALIER PREMIER ÉTAGE

Catherine et Jim sont maintenant sur le palier près d'une porte que Catherine ouvre.

CATHERINE. Ma chambre.

39 Sabine Haudepin, Henri Serre.

CHAMBRE CATHERINE

Catherine et Jim sont au milieu de la pièce. Jim regarde autour de lui et son attention est attirée par une photographie, clouée au mur. Gros plan flash sur la photo représentant le portrait d'un jeune homme en perruque, ressemblant étrangement à Mozart.

JIM. Mais c'est Jules !

CATHERINE. Oui…, le père de Jules aimait tellement Mozart qu'un jour il a déguisé Jules en Mozart.

Catherine sourit tendrement et entraîne Jim vers le balcon. Plan rapide d'ensemble du chalet en extérieur.

CATHERINE. Voilà le balcon.

Retour sur eux : Catherine montre quelque chose du doigt. Lent travelling optique sur la campagne.

CATHERINE, *off.* Là-bas, c'est l'auberge où vous coucherez ce soir. Jules vous y conduira tout à l'heure.

EXTÉRIEUR CHALET

*On cadre le balcon en contre-plongée et, par un mouve-
ment panoramique de haut en bas, on découvre Jules et
Sabine jouant au cheval sur la terrasse. À cet instant,
Catherine et Jim sortent du chalet et s'approchent d'eux.
Jim prend Sabine dans ses bras, la lance tel un ballon à
Jules qui, à son tour, la renvoie à Catherine. Et tous les
quatre, joyeux, quittent la terrasse en descendant vers la
prairie. On les voit s'éloigner : Sabine trébuche et tombe,
Jim se précipite et la relève... Ils continuent leur marche.*

*Nouveau plan dans la prairie. Jim a mis Sabine sur ses
épaules (gros plan sur eux), puis il la couche dans la prairie et, la tenant enlacée contre lui, ensemble ils roulent le
long de la pente herbeuse, en riant très fort. Plan général* **39**
*de la maison... On les reprend tous les quatre marchant
dans la campagne... et lent enchaîné sur la table de la terrasse : Jules et Jim font une partie de dominos.*

Voix, *off.* Jules et Jim reprirent leur grande conversation
interrompue. Ils se racontèrent leur guerre. *(Un temps.)* Jules

40 Sabine Haudepin, Jeanne Moreau.

évitait de parler de sa vie familiale. Catherine le traitait avec gentillesse et sévérité, mais Jim eut l'impression que tout n'allait pas très bien.

40 *De la table où les deux hommes jouent, on panoramique pour découvrir Catherine tricotant à côté de Sabine. Travelling arrière qui permet de recadrer Jules et Jim en premier plan. Catherine s'arrête de tricoter : elle se penche vers Sabine et l'embrasse (gros plan flash).*

CATHERINE. Au lit, marin, la puce a faim. *(Elle prend l'enfant.)* Il était une fois une puce, une puce très gentille. *(Se tournant vers Jim.)* Bonsoir, Jim, à demain matin.

Ils sont maintenant tous les quatre sur le palier du premier étage. Catherine, qui a Sabine juchée sur ses épaules, entre dans sa chambre et referme la porte. On reste sur Jules, qui prend l'épaule de Jim et lui montre l'autre porte.

JULES. J'ai à vous parler.

CHAMBRE DE JULES

Les deux hommes entrent dans la chambre-bureau de Jules. Plan rapproché sur eux.

JULES. Comment trouvez-vous Catherine ?

JIM. Il me semble que le mariage et la maternité lui ont réussi. Je la trouve un peu moins cigale…, un peu plus fourmi…

Ils vont s'asseoir.

JULES. Méfiez-vous. Elle fait régner l'ordre et l'harmonie dans notre maison, c'est vrai… Mais quand tout va trop bien, il lui arrive d'être mécontente ; elle change d'allure et cravache tout en gestes et en paroles.

JIM. Je l'ai toujours pensé : c'est aussi Napoléon.

JULES. Elle professe que le monde est riche, que l'on peut parfois tricher un peu, et elle en demande à l'avance pardon au bon Dieu, sûre de l'obtenir. *(Jules se lève.)* Jim, j'ai peur qu'elle nous quitte.

JIM, *étonné, en gros plan.* C'est impossible !

Gros plan sur Jules qui se rassied.

JULES, Non, non… Elle l'a déjà fait. Pendant six mois. J'ai cru qu'elle ne reviendrait pas. Je la sens de nouveau prête à partir. Vous savez, Jim…, elle n'est plus tout à fait ma femme. Elle a eu des amants. Trois à ma connaissance. Un, la veille de notre mariage…, un adieu à sa vie de garçon !… et une vengeance contre quelque chose que j'ai fait, et que j'ignore. *(Travelling arrière pour les recadrer ensemble.)* Je ne suis pas l'homme qu'il lui faut et elle n'est pas femme à le supporter. De mon côté, j'ai maintenant l'habitude qu'elle me soit parfois infidèle…, mais je ne supporterai pas qu'elle s'en aille.

Jules se lève à nouveau et se dirige vers la fenêtre.
Jim, stupéfait et gêné par ce qu'il vient d'entendre, le suit comme un automate.

JULES. Or, il y a Albert…

JIM. Ah oui ! le chanteur qui avait découvert la statue ?

JULES. Justement, souvenez-vous : c'est lui qui nous l'a fait connaître.

CHALET / EXTÉRIEUR NUIT

Jules et Jim, vus de l'extérieur, sont accoudés à la fenêtre.

JULES. Il a été blessé à la guerre. Il est en convalescence dans un village voisin. Catherine l'a encouragé, lui a donné de l'espoir. C'est un homme de métier. Il s'est ouvert à moi. Il veut l'épouser et prendre aussi la petite. Je ne lui en veux pas. Je n'en veux ni à elle, ni à Albert. Je renonce peu à peu à elle, à ce que j'ai attendu sur terre.

Panoramique très lent sur la forêt.

JIM, *off.* Elle ne vous quittera pas, parce que c'est ce qu'elle aime en vous, votre côté moine bouddhique.

JULES. Elle est d'habitude douce et généreuse, mais, quand elle croit qu'on ne l'apprécie pas suffisamment, elle devient terrible et passe alors d'un extrême à l'autre, avec des attaques brusquées. *(Un temps.)* Écoutez le chant de la courtilière ; c'est une espèce de taupe…

Fermeture fondu.

AUBERGE / CHAMBRE JIM

Ouverture en volet sur la campagne boisée. Au loin, on aperçoit le chalet de Jules et Catherine. À mesure que le volet s'ouvre, on découvre l'embrasure d'une fenêtre, pour finir sur une amorce du visage de Jim.

41 Jeanne Moreau, Sabine Haudepin, Oscar Werner, Henri Serre.

VOIX, *off.* De sa chambre d'auberge, Jim pouvait voir le chalet. Ainsi Catherine était là-bas, reine radieuse du foyer, prête
à s'envoler. Jim ne fut pas surpris : il se rappela les erreurs de
Jules avec Thérèse, avec Lucie, avec toutes. *(On passe à*
l'intérieur de la chambre de Jim, dans l'auberge : Jim s'ap-
proche du lit, vide ses poches, dépose les objets sur la table
de nuit et commence à se déshabiller.) Il savait Catherine terriblement précise. Jim eut une grande tristesse pour Jules.
Pourtant, il ne pouvait juger Catherine. Elle avait pu sauter
dans les hommes comme elle avait sauté dans la Seine…
Une menace planait sur la maison. *(Un temps.)* Une seconde
semaine commença.

Fondu.

CHALET / INTÉRIEUR SOIR

Dans la salle de séjour (une vue en plan général), on dis-
tingue Jim et Catherine lisant chacun de leur côté et Jules,
dans son rocking-chair, s'amusant avec Sabine, assise sur **41**
ses genoux. Plan rapproché de Catherine qui lève la tête,
retire ses lunettes et se frotte le nez.

CATHERINE. Sabine, je crois qu'il faut dire bonsoir à présent.

Panoramique sur les lunettes dont Sabine vient de s'emparer pour les mettre sur son nez. Gros plan de Sabine regardant à droite et à gauche, puis se frottant le nez après avoir ôté les lunettes, imitant ainsi parfaitement sa mère.

SABINE. Oui, maman.

Elle descend des genoux de son père et va vers Jim, qu'elle embrasse.

SABINE. Bonsoir, Jim.

Avec Sabine dans ses bras, Catherine va vers la porte, puis semble se raviser et se retourne.

CATHERINE. Jim, j'aurai besoin de vous parler tout à l'heure. Vous serez libre ?

Gros plan de Jim consultant Jules du regard. Gros plan également très rapide de Jules faisant un signe des yeux en guise d'acquiescement à l'adresse de Jim, qui se retourne alors vers Catherine.

JIM. Bien sûr.

Catherine et Sabine sortent. Rapide plan en légère plongée de Catherine montant l'escalier.

CATHERINE. Mathilde, venez avec moi.

On revient, dans la salle de séjour, sur Jules toujours dans son fauteuil et Jim près de lui.

JULES. Remarquez bien que les mots ne peuvent pas avoir la même valeur puisqu'ils n'ont pas le même sexe. Nous disons en allemand : le guerre, le mort, le lune, alors que soleil et amour sont du sexe féminin : la soleil, la amour. La vie est neutre.

JIM. La vie ? Neutre ? C'est très joli, et surtout très logique.

Plan sur Catherine qui referme la porte de sa chambre et descend lentement l'escalier en écoutant la voix de Jim.

JIM, *off.* En France aussi, plus la guerre durait, plus les robes devenaient courtes. À chaque permission, c'était un motif à scène de ménage ; les soldats avaient le sentiment d'être bafoués.

Catherine entre dans la salle de séjour, referme la porte et vient s'asseoir.

JIM. En fait, la raison en était que le tissu devenait de plus en plus rare.

CATHERINE. C'est comme dans les villes, les femmes se sont fait couper les cheveux pour pouvoir travailler dans les usines à cause des machines et des courroies.

JULES. Tenez, Jim, il serait temps que vous appréciiez la bière allemande.

CATHERINE. Jim est comme moi, il est Français, il se fout de la bière allemande.

JIM. Pas du tout !

CATHERINE. Comment ? Mais le vignoble français est l'un des plus variés d'Europe, du monde même. Il y a, je ne sais pas, moi, les bordeaux : Château-Laffitte, Château-Margaux, Château-Yquem, Château-Frontenac, Saint-Émilion, Saint-Julien, Entre-deux-Mers, j'en passe et des meilleurs. Il y a aussi…, attendez… le Clos-Vougeot, les bourgognes, le romanée, le chambertin, le beaune, le pommard, le chablis, le montrachet, le volnay, et puis les beaujolais, le Pouilly-Fuissé, le Pouilly-Loché, le Moulin-à-Vent, le fleurie, le morgon, le brouilly, le saint-amour…

JULES. Nous avions tous les yeux fixés sur l'obus qui descendait lentement l'escalier : plus que trois marches, plus que deux marches, tous à plat ventre.

Catherine se lève et va vers la porte, puis se retourne vers Jim.

CATHERINE, *doucement, à Jim.* Rattrapez-moi !

Elle ouvre la porte et s'enfuit. Jim se lève et se précipite derrière elle.

CHALET / EXTÉRIEUR NUIT

Catherine est sortie en courant, suivie de Jim. Tous deux s'enfoncent dans la forêt. Finalement, Jim rattrape Catherine qui, essoufflée, s'adosse à un arbre.

CATHERINE. Que voulez-vous savoir ?

JIM. Rien. Je veux vous écouter.

CATHERINE. Pour me juger ?

JIM. Dieu m'en garde.

CATHERINE. Je ne veux rien vous dire. Je veux vous questionner. Ma question sera : racontez-vous, Jim.

JIM. Bien, mais quoi ?

CATHERINE. Peu importe. Racontez droit devant vous.

Ils reprennent alors leur marche tandis que la caméra les suit en plan rapproché (travelling latéral). Catherine, de nouveau, précède légèrement Jim.

VOIX, *off.* Jim commença : il était une fois deux jeunes gens… ; et il décrivit sans les nommer Jules et lui-même, leur amitié, leur vie à Paris avant l'arrivée d'une certaine jeune femme, comment elle leur apparut et ce qui s'ensuivit. Il raconta même le « pas celle-là, Jim ». Ici, Jim ne put s'empêcher de dire son propre nom…, leurs sorties à trois, leur séjour au bord de la mer. Catherine put voir que Jim se rappelait ce qui la concernait comme s'il y était encore. Elle discuta quelques détails pour le principe et en ajouta d'autres. Jim décrivit leur rendez-vous manqué au café. Il raconta eux trois, vus par lui, il dit les trésors cachés en Jules et comment il avait pressenti, dès le début, que Jules ne pourrait pas garder Catherine.

CATHERINE. M'auriez-vous raconté tout cela au café ?

JIM. Oui.

CATHERINE. Continuez.

JIM. Il n'y a plus rien à dire ; il y a eu la guerre, ma joie de retrouver Jules, votre apparition à la gare, les jours de bonheur que je viens de passer près de vous, ce que j'ai vu, ce que j'ai appris, ce que j'ai deviné, ce nuage qui s'annonce… Je veux parler d'Albert.

CATHERINE. Êtes-vous avec Jules contre moi ?

JIM. Pas plus que lui-même.

CATHERINE. Je vais reprendre toute l'histoire comme je l'ai vécue moi-même. C'est la générosité, l'innocence, la vulnérabilité de Jules qui m'ont éblouie et conquise : un tel contraste avec les autres hommes ! Je pensais le guérir, par la joie, des crises où il perdait pied, mais j'ai compris que ces crises sont une partie de lui-même. Le bonheur (car nous avons été heureux) ne s'est pas installé et nous nous sommes retrouvés face à face, mêlés. Sa famille a été un véritable calvaire pour moi. La veille du mariage, au cours d'une réception, la mère de Jules a commis un impair qui m'a blessée à fond. Jules s'y est associé par sa passivité. Je l'ai puni en reprenant à l'instant pour quelques heures un ancien amant, Harold… *Oui, amant.* Ainsi, j'ai pu me marier avec Jules quitte, en recommençant à zéro. Heureusement sa famille est allée habiter le Nord, je ne sais pas où. La guerre éclate : départ de Jules vers l'Est. *(Ils s'arrêtent ; plan sur Jim qui s'approche de Catherine. Texte en off.)* Il m'écrit des lettres d'amour fougueuses, admirables. De loin, je l'aimai davantage, je lui refis une auréole. Notre dernier malentendu, notre véritable rupture datent de sa première permission : je me suis sentie entre les bras d'un étranger.

Retour sur eux en plan moyen.

CATHERINE. Il est reparti. Sabine est née neuf mois plus tard.

Ils reprennent leur marche.

JIM. Elle ne ressemble pas beaucoup à Jules.

Jim, soudainement, s'est arrêté et regarde Catherine.

CATHERINE. Croyez ce que vous voudrez… Elle est de lui.

Catherine continue sa marche. En travelling avant, nous suivons sa nuque comme si nous étions Jim.

CATHERINE. Mais je lui ai dit : « Je t'ai donné une petite fille, c'est assez pour moi. Ce chapitre est clos. Faisons chambre à part… Je reprends ma liberté. » *(Un temps.)* Vous vous rappelez notre jeune ami Fortunio ?

Elle se retourne et revient vers Jim.

CATHERINE. Il était là, libre comme l'air…, moi aussi. Il a été un gentil partenaire. Quelles vacances ! Mais il était trop jeune, ce n'était pas sérieux. Et un beau jour, à ma surprise *(gros plan de Catherine),* l'indulgence, le loisir de Jules m'ont manqué. Ma fille m'attirait comme un aimant. Je

42 Jeanne Moreau, Henri Serre.

n'étais pas dans mon chemin. Je suis partie. Je ne suis rentrée ici que depuis trois mois.

Retour en plan moyen des deux : Catherine a pris le bras de Jim et ils repartent leurs deux bras enlacés.

CATHERINE. Jules, comme mari, est fini pour moi. Ne vous désolez pas pour lui. Je lui accorde encore des distractions qui lui suffisent… Après, il y a Albert. Il m'a parlé de cette statue que vous avez aimée à trois et à laquelle il paraît que je ressemble. J'ai flirté avec lui. Il a des côtés bizarres, mais il a l'autorité naturelle qui manque à Jules. Il veut que je quitte tout, que je l'épouse. Il prendrait la fille et la mère. *(En contrechamp, plan général : ils se dirigent vers la caméra.)* J'ai beaucoup d'amitié pour lui, mais pas plus – jusqu'ici. D'ailleurs il vient demain déjeuner avec nous. Je vais bien voir. Vous m'avez bien écoutée. J'ai parlé plus que vous. Je ne prétends pas avoir tout dit, pas plus que vous tout à l'heure. Peut-être ai-je eu d'autres amants ? C'est mon affaire. Je n'ai parlé que de ce dont vous avez parlé vous-même.

JIM. Je vous comprends, Catherine.

43 Sabine Haudepin, C. Bassiak.

CATHERINE. Je ne veux pas qu'on me comprenne. *(Levant légèrement la tête.)* Il fait presque jour maintenant.

Ils sont arrivés au bas de l'escalier qui conduit à la porte du chalet.

Elle lui tend la main et Jim cherche à la rapprocher de lui. Mais elle le quitte, gravit les marches. On reste sur Jim, qui la regarde partir sans bouger. 42

VOIX, *off.* Jim désirait Catherine, mais il enfouissait ce désir plus que jamais auparavant. Il ne fallait pas qu'elle parte… Dans quelle proportion pour lui-même ? Il ne le saurait jamais. Elle faisait peut-être – Jim était loin d'en être certain – ce qu'il fallait pour le séduire. C'était insaisissable. *(Arrivée sur le seuil du chalet, Catherine se retourne. Jim s'enfuit en courant vers l'auberge.)* Catherine ne dévoilait ses buts qu'en les atteignant. *(Fondu.)*

CAMPAGNE PRÈS DU CHALET / JOUR

Ouverture sur Albert : il s'avance, bicyclette à la main, sur le sentier bordé de prairies qui mène au chalet. Accro- 43

44 C. Bassiak, Henri Serre, Oscar Werner.

chée dans le dos, il porte une guitare… et, dès qu'il aper-
çoit Sabine, il presse le pas vers elle et s'agenouille pour
la prendre dans ses bras.

À quelques pas, Jules et Jim sont assis dans l'herbe.

ALBERT. Bonjour, Sabine !

SABINE. Bonjour, Albert !

ALBERT. Ça va ? Comment va ta maman ?

SABINE. Bien.

44   *Plan général en plongée sur Jules et Jim. On les reprend*
en plan rapproché lorsque Albert s'approche et s'assoit
près d'eux.

JULES. Bonjour, Albert.

JIM. Vous aussi, vous avez sacrifié vos moustaches ?

ALBERT. Eh oui ! j'ai fait comme tout le monde mais je ne
me plais pas ainsi… J'ai l'impression d'être tout nu. Je vais
les laisser repousser.

JULES. Albert a été blessé à la guerre, dans les tranchées.

ALBERT. Maintenant ça va tout à fait…, mais, quand je me

suis réveillé et que j'ai vu le chirurgien fouiller dans mon crâne, j'ai pensé à Oscar Wilde : « Mon Dieu, épargnez-moi les douleurs physiques…, les douleurs morales, je m'en charge. »

JULES. Ce qui est révoltant dans la guerre, c'est qu'elle prive l'homme de son combat individuel.

JIM. Oui, c'est vrai, mais je crois qu'il peut quand même, en marge de la guerre, mener la sienne. Je pense à cet artilleur que j'ai connu à l'hôpital. En revenant de permission, il a rencontré une jeune fille dans le train, ils se sont parlé entre Nice et Marseille. En sautant sur le quai de la gare, elle lui a donné son adresse. Eh bien ! pendant deux ans, tous les jours, il lui a écrit frénétiquement, depuis les tranchées, sur du papier d'emballage, à la lueur des bougies. Même quand les obus pleuvaient, des lettres de plus en plus intimes. Au début, il commençait « chère Mademoiselle », et terminait par « mes hommages respectueux » ; à la troisième lettre, il l'appelait « ma petite fée » et lui demandait une photographie…, puis ce fut « ma fée adorable », puis « je vous baise les mains », puis « je vous baise le front ». Plus tard, il lui détaille la photographie qu'elle lui a envoyée et lui parle de sa poitrine qu'il a cru deviner sous le peignoir, et bientôt il passe au tutoiement : « Je t'aime terriblement. » Un jour, il écrit à la mère de cette jeune fille pour lui demander sa main. Dès lors, il devient son fiancé officiel sans jamais l'avoir revue. La guerre continue et les lettres deviennent toujours plus intimes. « Je m'empare de toi, mon amour, je prends tes seins adorables… Je te presse absolument nue contre moi… » Lorsqu'elle répond un peu froidement à une de ses lettres, il s'emporte et la prie… de ne pas faire la coquette, parce qu'il peut mourir d'un jour à l'autre. Et il dit vrai. *(Un temps.)* Voyez-vous, Jules, pour comprendre cet extraordinaire dépucelage par correspondance il faut avoir connu toute la violence de la guerre des tranchées, cette espèce de folie collective et cette présence de la mort minute par minute. Voilà donc un homme qui, tout en participant à la Grande Guerre, a su mener sa petite guerre parallèle, son combat individuel et conquérir totalement une femme par persuasion à distance. Quand il est arrivé à l'hôpital, il était comme vous blessé à la tête mais il n'a pas eu votre chance. Il est mort après la trépanation, la veille même de l'armistice. Dans sa dernière lettre à sa fiancée inconnue, il écrivait : « Tes seins sont les seuls obus que j'aime. » Je vous montrerai une série de photographies que j'ai de lui… En les regardant vite, on croit le voir bouger.

Plan moyen sur Catherine à la fenêtre, le poing sur la joue.

CATHERINE. C'est une belle histoire… Quand il était à la guerre, Jules aussi m'envoyait des lettres très belles.

Plan rapproché des trois hommes.

CATHERINE, *off.* Bonjour, Albert… Vous avez terminé ma chanson ?… Montez, on va travailler ensemble.

Albert se lève et se dirige vers le chalet. Sabine court derrière lui en lui portant la guitare, qu'il avait oubliée.

SABINE. Albert, Albert, Albert…

Albert s'est retourné, prend la guitare et monte l'escalier. Il s'avance vers Catherine qui est maintenant à la porte du chalet pour l'accueillir. Il l'embrasse.

CHALET / INTÉRIEUR JOUR

45 *Plan général de la salle de séjour où ils sont tous réunis : Albert (qui est assis dans le rocking-chair), Catherine (assise sur un tabouret), Jules et Jim.*

ALBERT. Le balancement du rocking-chair nous convie au plaisir de la chair.

JULES. Et cette chanson ?

ALBERT. Cela commence à être au point.

CATHERINE. Oui, c'est vrai, hein, Albert ?… On y va ?

Albert se lève pour prendre sa guitare, tandis que Jules prend la place d'Albert dans le rocking-chair. Albert s'est assis aux pieds de Catherine.

CATHERINE. À mon avis, c'est beaucoup trop beau pour eux, mais tant pis, on ne choisit pas son public !

45 Jeanne Moreau, C. Bassiak, Henri Serre, Oscar Werner.

(Chanson « Le Tourbillon[6] ».) Plan général de la salle de séjour.

> Elle avait des bagues à chaque doigt,
> Des tas de bracelets autour des poignets,
> Et puis elle chantait avec une voix
> Qui, sitôt, m'enjôla.

Plan moyen sur Albert à la guitare et Catherine qui continue à chanter.

> Elle avait des yeux, des yeux d'opale,
> Qui me fascinaient, qui me fascinaient.
> Y avait l'opale de son visage pâle
> De femme fatale qui m'fut fatale *(bis).*

Gros plan d'Albert.

> On s'est connus, on s'est reconnus,
> On s'est perdus de vue, on s'est r'perdus d'vue

6. La bande sonore originale du film a été éditée en microsillons 45 tours. Elle comporte la chanson de Bassiak chantée par Jeanne Moreau (texte ci-dessus) ainsi que la musique de Georges Delerue composée pour le générique, « Vacances » et « Brouillard » (Philips).

46 C. Bassiak, Jeanne Moreau.

Plan moyen sur Albert et Catherine.

On s'est retrouvés, on s'est réchauffés,
Puis on s'est séparés.
Chacun pour soi est reparti.
Dans l'tourbillon de la vie
Je l'ai revue un soir, haïe, haïe, haïe
Ça fait déjà un fameux bail *(bis)*.
Au son des banjos je l'ai reconnue.

Gros plan de Catherine.

Ce curieux sourire qui m'avait tant plu.
Sa voix si fatale, son beau visage pâle
M'émurent plus que jamais.
Je me suis soûlé en l'écoutant.
L'alcool fait oublier le temps.
Je me suis réveillé en sentant

Plan rapproché d'Albert à la guitare.

Des baisers sur mon front brûlant *(bis)*.
On s'est connus, on s'est reconnus.

Gros plan de Catherine.

On s'est perdus de vue, on s'est r'perdus de vue
On s'est retrouvés, on s'est séparés.

Plan moyen sur Albert et Catherine.

Puis on s'est réchauffés.
Chacun pour soi est reparti.
Dans l'tourbillon de la vie.
Je l'ai revue un soir ah là là
Elle est retombée dans mes bras.

Gros plan de Catherine.

Quand on s'est connus,
Quand on s'est reconnus,
Pourquoi se perdre de vue,
Se reperdre de vue ?
Quand on s'est retrouvés,
Quand on s'est réchauffés,
Pourquoi se séparer ?
Alors tous deux on est repartis

Dans le tourbillon de la vie.
On a continué à tourner
Tous les deux enlacés
Tous les deux enlacés.

À la fin de la chanson, panoramique sur Jules et fondu enchaîné sur une route de montagne.

ROUTE DE MONTAGNE / JOUR

Tous les quatre roulent à bicyclette, Sabine est sur le guidon de Jim. (On les précède en travelling arrière.) Comme la route est légèrement descendante, ils filent très vite ; Albert et Catherine en tête, Jim (avec Sabine) derrière et, **47** *un peu plus loin, Jules.*

VOIX, *off.* Différente envers chacun des trois, Catherine ne pouvait jouer juste pour les trois à la fois ; tant pis. Jim se sentait de trop. Il ne pouvait admirer Catherine, sans réserve, que seule. En société, elle devenait pour lui relative.

Albert les quitte à un croisement, d'une main, il lâche son guidon et leur fait un signe amical d'au revoir. Gros plan

47 C. Bassiak, Jeanne Moreau.

de Jim regardant la nuque de Catherine que l'on découvre
par un léger panoramique.

CHALET / EXTÉRIEUR NUIT

Jim et Catherine sortent. Ils sont en plan rapproché et on
les suit en travelling latéral.

CATHERINE. Notre affection ne fait que naître ; il faut la laisser tranquille comme un nouveau-né. Vous avez aimé, Jim. Pour de bon. Cela se sent. Pourquoi ne l'avez-vous pas épousée ?

JIM. Ce n'est pas arrivé.

CATHERINE. Comment est-elle ?

JIM. Raisonnable et patiente. Elle dit qu'elle m'attendra toujours. Elle s'appelle Gilberte.

CATHERINE. Vous l'aimez encore et elle vous aime. Ne faites pas souffrir, Jim.

Comme ils se sont arrêtés sous le balcon, Jim s'approche
de la nuque de Catherine et l'embrasse dans le cou.

JIM. Il y a en moi un besoin d'aventures, de risques. Et puis, il y a du nouveau : je vous admire, Catherine. J'ai pris goût à vous voir. *(Plan rapproché sur Catherine et Jim.)* Je crains d'oublier Jules.

CATHERINE. Il ne faut pas l'oublier. Il faut le prévenir.

Panoramique vertical qui nous fait découvrir Jules debout
sur le balcon.

JULES *déclamant :* Alle das Neigen
            Von Herzen zu Herzen
            Ach wie so eigen
            Schaffet das Schmerzen

Un temps silencieux, puis Jules reprend.

JULES. Catherine…, traduction !

Du balcon (comme si nos yeux étaient ceux de Jules), vue
en plongée sur Catherine et Jim.

CATHERINE. Toutes les inclinations qui vont de cœur à cœur, ah ! mon Dieu, mon Dieu, comme elles créent des douleurs.

Plans alternés de Jules, puis de Catherine et Jim suivant le dialogue.

JULES. Pas mal, … bien que le « mon Dieu, mon Dieu » soit ajouté… Bonne nuit. Et si vous rencontrez les autres, dites-leur mes amitiés.

CATHERINE. Jules, je voudrais lire *les Affinités* ce soir. Tu peux me les prêter ?

JULES. Je l'ai justement prêté à Jim.

CATHERINE. Tant pis.

Jules referme ses volets. Catherine et Jim s'apprêtent à se quitter… Catherine rentre dans le chalet alors que Jim…

JIM. Je vous l'apporterai demain.

Fondu enchaîné sur…

AUBERGE / INTÉRIEUR JOUR

Au premier plan, un téléphone dont on entend la sonnerie. La patronne de l'auberge s'approche et décroche.

LA PATRONNE. Allô ! attendez un instant, s'il vous plaît. *(Appelant.)* Monsieur Jim, il faut que vous veniez tout de suite au téléphone.

Aussitôt, Jim apparaît et s'approche de l'appareil. Gros plan de Jules au téléphone dans le chalet.

JULES. Jim, il faut que vous reveniez avec *les Affinités*. Catherine tient absolument à lire ce soir. Jim, Catherine ne veut plus de moi. J'ai la terreur de la perdre et qu'elle sorte tout à fait de ma vie. La dernière fois que je vous ai vu côte à côte avec Catherine, vous avez été comme un couple. *(Un temps.)* Jim, aimez-la, épousez-la et laissez-moi la voir. Je veux dire : si vous l'aimez, cessez de penser que je suis un obstacle.

Retour à l'auberge : gros plan de la main de Jim prenant le livre Les Affinités électives.

CHALET / EXTÉRIEUR NUIT

Jim s'approche et monte l'escalier du chalet. Catherine l'attend devant la porte. Elle l'entraîne à l'intérieur. La

48 Henri Serre, Jeanne Moreau.

48 *caméra les suit de dos : ils se retournent en gros plan, de profil. Jim caresse le visage de Catherine, suit du doigt son profil, atteint la bouche et l'embrasse (sur fond de vitre).*

CHALET / INTÉRIEUR NUIT

Catherine et Jim s'allongent sur le canapé.

VOIX, *off*. Toute la journée, Jim avait espéré Catherine. Elle fut dans ses bras, sur ses genoux, avec une voix profonde. Ce fut leur premier baiser qui dura le reste de la nuit.

Lent enchaîné sur deux gros plans de Catherine.

VOIX, *off*. Ils ne se parlaient pas, ils s'approchaient. Vers l'aurore, ils s'atteignirent. Elle avait une expression de jubilation et de curiosité incroyables.

Panoramique sur le livre, puis on remonte vers la fenêtre à travers laquelle on voit le jour se lever.

VOIX, *off*. Jim se releva enchaîné. Les autres femmes n'existaient plus pour lui.

Fondu.

92

TERRASSE DU CHALET / JOUR

Jules et Sabine, assis à la table, jouent aux dominos. À **49**
côté d'eux, des tasses de petit déjeuner.

CATHERINE, *off.* Jules.

*Panoramique vertical vers la fenêtre pour découvrir
Catherine.*

*Jules se lève, va vers la porte où apparaît Catherine. Elle
l'embrasse (plan moyen), puis elle se retourne vers la
porte d'où sort Jim.*

CATHERINE. J'ai demandé à Jim de venir vivre tout à fait à la
maison. Il habitera la petite chambre.

*Catherine sort du champ ; Jules et Jim se dirigent vers la
table.*

JULES. Attention, Jim ! Attention à elle et à vous !

*Dès qu'ils sont assis…, on enchaîne sur Jim sortant de
l'auberge, suivi de Catherine et de Jules portant des
bagages.*

Panoramique de l'auberge en direction du chalet.

49 Sabine Haudepin, Oscar Werner.

CHALET / INTÉRIEUR

Avec Mathilde, ils montent tous l'escalier.

CATHERINE, *à Mathilde.* Mathilde, Sie können uns lassen, ich mache das selbst fertig. (*Sous-titre :* Mathilde, vous pouvez nous laisser, je finirai moi-même.)

Mathilde sort et redescend l'escalier. Jules entre dans sa chambre-bureau avec Sabine tandis que Catherine ouvre la porte de la chambre, suivie de Jim.

CHAMBRE JIM / CHALET

CATHERINE. Voilà ta chambre improvisée. Ce sont des livres allemands…, mais tu pourras en chercher d'autres dans ma chambre ; l'armoire… Je déferai les valises.

Après avoir ainsi fait à Jim l'« inventaire » de la pièce, elle remarque que celui-ci a déposé son chapeau sur le lit. Elle l'enlève aussitôt… puis regarde si elle a pensé à tout.

CATHERINE. Je crois que ça va à peu près ; en tout cas, cette partie, par là, c'est un fatras… mais on ne peut pas faire autrement.

JIM. Qu'est-ce qu'il y a là derrière ?

CATHERINE. La chambre de Sabine et de Mathilde. (*Un temps.*) Le lit n'est pas trop mauvais. Viens t'asseoir près de moi.

Ils vont s'asseoir sur le lit. Plan rapproché.

JIM. J'ai toujours aimé ta nuque. (*Catherine relève ses cheveux alors que Jim l'embrasse dans le cou.*) Le seul morceau de toi que je pouvais regarder sans être vu.

ALENTOUR DU CHALET / EXTÉRIEUR JOUR

[7 Jules scie du bois près du chalet (plan en plongée). Sabine est à ses côtés tendant ses petits bras sur lesquels Jules dépose les bûches sciées. Sabine va vers la porte, monte l'escalier (panoramique la suivant le long de la

---

7. Certaines copies sont amputées, en France comme à l'étranger, de cette scène. Coupure due à l'initiative de F. Truffaut.

50 Sabine Haudepin (de dos), Oscar Werner, Jeanne Moreau, Henri Serre.

terrasse). Raccord dans le mouvement sur Catherine et Jim se promenant dans la forêt (on les suit en panoramique).

JIM. Et Jules ?

CATHERINE. Il nous aime tous les deux. Il ne sera pas surpris et il souffrira moins ainsi ! Nous l'aimerons et le respecterons.

Fondu enchaîné.]

TERRASSE DU CHALET / JOUR

Plan rapproché de Catherine qui montre Jules du doigt. Travelling circulaire autour de la table où sont assis **50** *Jules, Jim et Sabine (arrêt rapide en gros plan sur chacun). Sabine fait diverses grimaces. Gros plans fixes de Jim et de Catherine qui rient en la regardant.*

VOIX, *off.* Dans le village, au fond de la vallée, le trio était connu sous le nom de « les trois fous », mais, à part ça, bien vu. Quand elle l'apprit, Catherine inventa un jeu : l'idiot du village. Le village, c'était la table. L'idiot c'était chacun son tour. Sabine, surtout, déchaînait les fous rires.

Chalet / intérieur soir

Catherine embrasse Jules au pied des marches. Pendant qu'elle monte l'escalier, on la suit (gros plan de la nuque). Sur le palier, elle retrouve Jim qu'elle embrasse.

Voix, *off.* Catherine avait dit : « On n'aime tout à fait qu'un moment », mais pour elle, ce moment revenait toujours.

Terrasse du chalet / jour

Plan sur Sabine qui sommeille dans un hamac, puis pano-ramique sur Catherine qui ouvre sa fenêtre.

Voix, *off.* La vie était vraiment des vacances. Jamais Jules et Jim n'avaient manié d'aussi gros dominos. Le temps pas-sait…, le bonheur se raconte mal…, il s'use sans qu'on en perçoive l'usure.

Plan pris de l'extérieur (en fait, de la terrasse) de la salle de séjour, à travers la fenêtre. Jim lit en se balançant dans le rocking-chair.

En off, les rires et les cris joyeux de Jules et de Catherine font lever la tête de Jim.

Voix, *off.* Un dimanche, Catherine décida de séduire Jules. Pendant que Jim lisait un livre au rez-de-chaussée, elle fit monter Jules dans sa chambre. « Non, non, non », disait Jules. « Si, si, si », disait Catherine.

51   *Par un mouvement de grue, on cadre la fenêtre du premier étage. On entre dans la pièce : Jules et Catherine chahu-tent sur le lit. Catherine est sur Jules… et, malgré ses pro-testations, ils rient gaiement tous les deux. Retour dans la pièce de séjour : Jim, nerveusement, fait les cent pas.*

Voix, *off.* Jim avait beau se dire qu'il n'avait pas le droit d'être jaloux, il constatait qu'il l'était quand même. Cathe-rine s'en aperçut et ne renouvela pas cette fête… ou cette expérience.

Lac de montagne

Sabine, à cheval sur les épaules de Jules ; Jim et Cathe-rine s'avancent sur un pont, bordant un lac.

51 Jeanne Moreau, Oscar Werner.

On les reprend ensuite sur la berge en plan général.

Ils ramassent des cailloux et s'amusent à faire des ricochets dans l'eau.

VOIX, *off.* Ils firent tous les quatre, à pied, une promenade autour du lac, caché dans la brume au fond d'un vallon humide et gras. L'harmonie entre eux était complète. Catherine eut une courte migraine. Jim, après de grandes fatigues, en avait de pires. Il pensait : si nous avions des enfants ensemble, ils seraient grands, minces et ils auraient des migraines. Ils descendirent sur le bord du lac et jouèrent avec des cailloux blancs. Catherine lui en fit lancer jusqu'à épuisement ; elle et Jules apprirent à faire des ricochets ; le ciel était tout près.

PETITE GARE / EXTÉRIEUR JOUR

En plongée, on peut voir Jim mettre ses valises dans le train en partance. Puis il embrasse Jules et Catherine. Le train démarre… Catherine court un moment le long du train que l'on suit en vue aérienne (prise d'un hélicoptère).

97

VOIX, *off*. La présence de Jim à Paris devenait nécessaire. Son journal le réclamait. Le départ eût été déchirant pour eux sans la certitude qu'ils se retrouveraient bientôt, intacts, tels qu'ils se quittaient. Ils avaient, en un mois, gravé en eux des tas de petites choses parfaites qu'ils avaient vécues ensemble. Quand le train démarra, ils agitèrent longuement et doucement leurs mains. Jules leur avait donné une sorte de bénédiction, avait embrassé Jim, qui lui confiait Catherine en partant… car ils voulaient se marier et avoir des enfants.

CAFÉ-CONCERT DE PARIS / INTÉRIEUR

Jim et Gilberte, en plan rapproché, sont assis à une table.

JIM. Jules est d'accord pour divorcer vite. Je vais épouser Catherine. Je veux avoir des enfants d'elle. Jules me trouvera du travail dans son pays. Je traduis en ce moment une pièce qu'on joue à Vienne et que l'on va monter ici.

Gilberte prend son sac et fait mine de se lever.

JIM. Où vas-tu ?

GILBERTE. Je rentre à la maison.

JIM. Je viens avec toi.

GILBERTE. Non, je t'assure…, je préfère.

Elle se lève et part rapidement. Embêté, Jim va la suivre, mais comme il traverse la salle, il est arrêté par une jeune femme élégante. On les cadre tous deux en plan rapproché.

THÉRÈSE. Bonjour, Jim… Thérèse… la locomotive !

52 *Thérèse prend sa cigarette et la retourne dans sa bouche.*

JIM. Bonjour, Thérèse, comment ça va ?… Comment va le… ?

THÉRÈSE. Quinze jours de bonheur. Mais je l'ai trompé pour pouvoir lui acheter une grosse pipe en écume sculptée, la tête de Vercingétorix. Son rêve !… Il l'a su. Jaloux, plus confiance. Moi, sous clef trois semaines. On m'appelle la séquestrée de Cholet. D'abord flattée, je deviens enragée. Par la fenêtre, je me carapate avec l'échelle d'un peintre en bâtiment que je séduis ; on se met en ménage. Mais j'ai la bougeotte.

52 Henri Serre, Marie Dubois.

Pendant que Thérèse débite son histoire, quelqu'un s'approche de Jim.

L'HOMME. Bonjour, Jim, ça va ? Et ton copain ?

JIM. Ça va.

Thérèse a continué son histoire sans faire attention à cet intermède.

THÉRÈSE. Un type me promet la fortune. Je le suis et je file avec lui jusqu'au Caire où j'entre dans une maison, … oui, une maison où je fais la vierge. L'établissement est envahi par la police et, vu mon âge, on me confie à une œuvre de bonnes sœurs. Je rencontre un Anglais qui veut me sauver. J'habite avec lui une villa au bord de la mer Rouge, avec un tennis et des chevaux. Là, je reçois une lettre de mon village : mon cousin va épouser une fille du bourg voisin.

Nouvel intermède, qui n'interrompt toujours pas Thérèse.

JIM, *qui le reconnaît.* Bonjour.

L'AMI. Jules est à Paris ?

JIM. Non, il n'est pas venu.

THÉRÈSE, *continuant.* Le cousin était un bon souvenir ; bing, coup de foudre à retardement. Je lâche tout et je rentre au village pour faire rompre le mariage. Je l'épouse. Au bout de trois mois, j'en ai marre, … et alors là, je rentre à Paris. Je rencontre un entrepreneur de pompes funèbres, un homme bien. Je lui fais la cour, mais il ne veut rien savoir. Mon mari, abandonné, divorce. Alors, finalement, mon entrepreneur, enfin convaincu, m'épouse. Nous formons un ménage parfait, mais sans enfant. C'est le seul homme que je ne peux pas tromper… parce qu'il ne m'en laisse pas le temps et les forces.

Un troisième copain de Jim passe.

LE COPAIN. Bonjour, Jim. Comment va ton copain ? Toujours avec la même fille… Je me l'enverrais bien, dis donc !…

THÉRÈSE. Enfin, j'écris mes mémoires dans l'édition européenne du *Sunday Time Magazine*… Et voilà !

Panoramique vers la porte du café : un petit homme moustachu, coiffé d'un chapeau noir, entre.

THÉRÈSE. Voilà mon mari… Et vous, Jim ?

JIM. Moi, je vais me marier.

Thérèse saute au cou de Jim.

THÉRÈSE. Non !

JIM. Si.

Jim se dégage pour se tourner vers le mari de Thérèse.

JIM. Au revoir, monsieur.

LE MARI. Salut.

Jim sort de la première salle du café. Il est encore arrêté par un ancien copain. On s'approche d'eux en travelling pour les cadrer, avec vue d'une jeune femme sur le bord gauche de l'écran.

LE COPAIN. Salut, Jim ! Comment va Jules ?

JIM. Ça va.

LE COPAIN. Intéressante, hein ? Elle s'appelle Denise. C'est pas la peine de lui parler, elle te répondrait pas. D'ailleurs, elle ne parle jamais. Elle n'est pas idiote, elle est creuse. *(L'homme approche sa main de la tête de la jeune fille, qui ne bronche pas.)* C'est creux là-dedans. C'est la chose.

JIM. Une belle chose !

LE TYPE. Oui, un bel objet. *(Gros plan de la fille, voix off.)* C'est le Sexe, le sexe à l'état pur... Allez, Denise, dis au revoir au monsieur.

LA FILLE. Monsieur.

JIM. Au revoir, mademoiselle.

Fondu.

CHALET / NUIT

De l'extérieur de la fenêtre, plan de la salle de séjour. Catherine lit une lettre près de la cheminée.

VOIX, *off.* Catherine passa l'hiver au chalet devant des feux de bois. Elle était la fiancée de Jim, confiée à Jules. Elle demandait chaque jour à Jules : « Crois-tu que Jim m'aime ? »

APPARTEMENT GILBERTE / NUIT

Jim et Gilberte sont couchés dans le lit. Ils ne dorment pas.

JIM. Écoute, Gilberte, tu comprends..., dès que Catherine a envie de faire une chose, dans la mesure où elle croit ne pas nuire à autrui – d'ailleurs elle peut se tromper –, elle le fait, pour son plaisir et pour en tirer une leçon. Elle espère arriver ainsi à la sagesse.

GILBERTE. Ça peut durer longtemps.

JIM. Ne sois pas mesquine, Gilberte.

Il éteint la lumière.

GILBERTE. Je ne suis pas mesquine, je suis jalouse. Je le savais depuis longtemps que ça devait finir comme ça. *(Un temps.)* Jim, ne pars pas demain. Elle va t'avoir toute la vie. Donne-moi encore huit jours.

Ils s'embrassent.

VOIX, *off.* Jim ne pouvait pas plus quitter Gilberte que Catherine ne pouvait quitter Jules. Il fallait que Jules ne souffrît pas – ni Gilberte. Ils étaient des fruits différents du passé..., se faisaient pendant et contrepoids.

53 Jeanne Moreau.

CHALET SALLE DE SÉJOUR / SOIR

53   *Catherine, chaussée de ses lunettes, lit à Jules qui se balance dans son rocking-chair, la lettre de Jim.*

CATHERINE, *lisant.* « Dis à Jules que j'ai revu Thérèse mariée et femme de lettres. Je dois de nouveau retarder mon retour, mais, bientôt, je serai libre, prêt à te retrouver. Je fais encore quelques menus adieux. » *(Un temps.)* Quelques menus adieux !… Tu crois que Jim m'aime ?…

PETITE GARE / NUIT

Jim descend du train. Jules l'attend près du portillon. Il semble un peu gêné. Les deux amis s'embrassent, puis avancent tous deux vers la caméra.

JIM. Que se passe-t-il ? Pourquoi Catherine n'est-elle pas venue m'attendre ?

JULES. Elle n'était pas très contente de vos lettres. Vous y parliez trop de votre travail, de vos adieux. Catherine n'aime pas les absences. La vôtre a été trop longue. Quand elle a le moindre doute, elle fait toujours plus que l'autre n'a pu faire.

On les suit en panoramique. Travelling.

JIM. Mais elle nous attend au chalet ?

JULES. Oui, je pense…, certainement.

CHALET / INTÉRIEUR NUIT

Jules et Jim entrent dans la salle de séjour du chalet. La pièce est vide. Jules passe la tête à la porte de la cuisine.

JULES. Catherine !

L'air ennuyé, il monte l'escalier. On reste sur un gros plan de Jim qui relève la tête quand Jules redescend, l'air **54** *confus et attristé.*

JULES. Je ne voulais pas vous le dire : elle est partie hier matin, sans explication. J'espérais qu'elle reviendrait avant votre arrivée.

Du bas de l'escalier, les deux hommes regagnent la salle de séjour. Jim enlève son manteau, tandis que Jules va chercher une lettre sur le bureau. Ensuite ils vont s'asseoir.

JIM. Vous n'êtes pas inquiet ?

JULES. Voulez-vous dire qu'il lui soit arrivé quelque chose ?… Non. Je pense seulement qu'elle est en train de commettre l'irréparable. Je vous l'ai dit, votre lettre n'a pas fait bonne impression : « J'ai revu Thérèse mariée et femme de lettres… » « Je fais encore quelques menus adieux… » *(Plan rapproché de Jules.)* Non, non, Jim…, vous le savez : Catherine fait toutes les choses à fond, une par une. Elle est une force de la nature qui s'exprime par des cataclysmes. Elle vit dans toutes les circonstances au milieu de sa clarté et de son harmonie, guidée par le sentiment de son innocence.

JIM, *en gros plan.* Vous parlez d'elle comme d'une reine !

Gros plans alternés de Jim et de Jules suivant le dialogue.

JULES. Mais c'est une reine, Jim ! Et je vous parle franchement. Catherine n'est pas spécialement belle, ni intelligente, ni sincère, mais c'est une vraie femme… et c'est une femme que nous aimons… et que tous les hommes désirent. Pour-

54 Henri Serre, Oscar Werner.

55 Jeanne Moreau.

quoi Catherine, si réclamée, a-t-elle, malgré tout, fait à nous deux le cadeau de sa présence? Parce que nous lui prêtions une complète attention, comme à une reine.

JIM. Je peux vous l'avouer, Jules..., j'ai failli ne pas revenir de Paris. Je savais que cela ne serait jamais aussi bien entre nous : même notre amitié en souffre. Par moments, je suis jaloux de vous, de vos années de bonheur avec elle, et parfois même, je vous déteste de pas être jaloux de moi.

JULES. Vous croyez cela, Jim? Je suis prêt à tout pour ne pas perdre Catherine tout à fait et vous serez comme moi quand elle reviendra... parce qu'elle revient toujours.

JIM. Écoutez-moi, Jules; aidez-moi. Je vais repartir.

Jim se lève et, par un travelling arrière, on les recadre ensemble. Jim remet son manteau et son chapeau.

JIM. Vous lui direz que vous êtes allé m'attendre à la gare et que vous ne m'avez pas trouvé. Je suis décidé..., c'est la seule solution.

JULES. Ah oui!... c'est ça : je suis allé à la gare et vous n'étiez pas là.

En off, on entend un petit bruit venant de la fenêtre. Gros plan de Catherine derrière la fenêtre, qui tapote la vitre et **55** *les regarde. Elle sourit. Plan rapproché de Jules et de Jim, un peu suffoqués.*
Panoramique sur la porte : Catherine entre.

CATHERINE. Bonjour… Eh bien ! qu'est-ce que vous avez ? *(À Jim.)* Tu viens d'arriver ?

Elle embrasse Jules, puis Jim, et retire son manteau tranquillement. (Fondu.)

CHAMBRE CATHERINE / NUIT

Ouverture, fondu sur Catherine et Jim couchés dans le lit. **56**

CATHERINE. Voilà, tu es mon Jim, je suis ta Catherine. Tout est bien. Seulement, dans tes lettres, tu me parlais beaucoup de tes affaires, j'ai les miennes aussi. Tu m'as parlé de tes adieux à tes amours. Moi aussi, je suis allée dire adieu à mes amours. Tu vas me tenir dans tes bras toute la nuit, mais pas plus. Nous voulons avoir un enfant ensemble, n'est-ce pas, Jim ? Eh bien, si tu m'en donnais un maintenant, je ne saurais pas s'il est de toi. Tu comprends, Jim ?

56 Henri Serre, Jeanne Moreau.

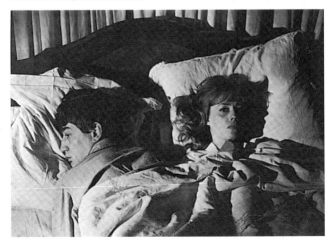

107

Jim se retourne vers le mur.

CATHERINE. Il le fallait.

JIM. Tu aimes Albert ?

CATHERINE. Non.

JIM. Et lui, il t'aime ?

CATHERINE. Oui. Jim, crois-moi, c'est la seule façon d'installer quelque chose de bien entre nous. Albert égale Gilberte. *(Un silence.)* Tu ne dis rien ? Nous devons repartir de zéro.

VOIX, *off.* Repartir de zéro et payer comptant, c'était pour Catherine la base de son credo. Ils étaient là, tremblants et chastes. Catherine s'endormit et Jim, dans la nuit, gardait les yeux ouverts. Il comprit qu'elle l'aimait comme il l'aimait et qu'une force unique les tirait l'un vers l'autre. Une fois de plus, ils repartirent de zéro et ils planèrent de nouveau très haut comme de grands oiseaux rapaces. *(Enchaîné sur un travelling aérien dominant le chalet pris en hélicoptère.)* Chastes, ils durent le rester jusqu'à ce que Catherine eût la certitude qu'elle ne portait pas un enfant d'Albert. Cette retenue forcée les exalta. Ils ne se quittaient pas. Ils ne trichaient pas. La terre promise était en vue. *(Travelling inverse : la caméra s'éloignant du chalet.)* La terre promise recula d'un bond. Lorsque le moment vint enfin de commencer l'enfant, ils s'aperçurent que Catherine n'était pas enceinte. *(Plan flash sur Catherine et Jim sortant dans la rue du cabinet du médecin, toujours en plongée.)* Ils allèrent voir un spécialiste qui leur dit qu'il fallait savoir attendre et que nombre de couples ne sont féconds qu'après des mois.

Fermeture, fondu.

CHAMBRE CATHERINE / NUIT

Catherine est couchée. Jim entre dans le lit et l'embrasse, elle se détourne…

JIM. Qu'est-ce qu'il y a ?

CATHERINE. Je veux dormir seule, cette nuit, va dans ta chambre.

JIM. Mais pourquoi ?

CATHERINE. C'est comme ça.

JIM. Explique-toi.

CATHERINE. Il n'y a rien à expliquer.

JIM. Je resterai à côté de toi, comme ça, sagement.

CATHERINE. Ce n'est pas vrai… et puis je n'ai rien à faire de ta sagesse ; je suis dégoûtée. C'est un cauchemar, quand le soir arrive. Je pense à cet enfant que nous n'aurons jamais…, j'ai l'impression de passer un examen ; je ne peux plus le supporter.

JIM. Mais on s'aime, Catherine, et il n'y a que cela qui compte.

CATHERINE. Non, parce que je compte aussi, et moi, je t'aime moins. Alors, essayons honnêtement de nous passer l'un de l'autre. Si nous rompons et que je m'aperçois après que je t'aime, c'est mon risque. Allez, va rejoindre Gilberte puisqu'elle t'écrit tous les jours.

Elle se lève et met sa robe de chambre.

JIM. Tu es injuste, Catherine.

CATHERINE. Sans doute, mais je n'ai pas de cœur. C'est pourquoi je ne t'aime pas et je n'aimerai jamais personne. Et puis j'ai trente-deux ans et toi vingt-neuf. À quarante ans, tu voudras une femme. Moi, j'en aurai quarante-trois. Tu en prendras une de vingt-cinq… et moi, je me retrouverai toute seule comme une idiote.

Elle se dirige vers la porte.

JIM. Tu as peut-être raison. Catherine…, je vais partir demain. Séparons-nous pour trois mois.

CATHERINE. Tu souffres ? Eh bien, moi, je ne souffre plus parce qu'il ne faut pas souffrir tous les deux à la fois ; quand tu cesseras, moi, je m'y mettrai.

Elle sort rapidement et va frapper à la chambre de Jules.

CATHERINE, *entrant*. Jules ? Je te dérange ?

Chambre Jules

Il se tourne vers elle, mais ne répond pas.

CATHERINE. Je n'en peux plus. Tu nous as entendus nous disputer ?

Elle s'assied sur le lit de Jules, non défait.

JULES. Non, je travaillais.

Il va s'asseoir tout près d'elle.

CATHERINE. Je ne peux plus le supporter. Je deviens folle. Enfin, il part demain. Bon débarras !

JULES. Ne sois pas injuste, Catherine… Tu sais qu'il t'aime.

CATHERINE. Je ne sais plus, vraiment je ne sais plus. Il m'a menti. Il n'a pas osé rompre avec Gilberte. Il ne sait pas lui-même ce qu'il pense : « Tu l'aimes, tu ne l'aimes pas, tu finiras bien par l'aimer. » Ce n'est tout de même pas ma faute si nous n'avons pas d'enfant ensemble.

JULES. Tu as une cigarette ?

Elle lui donne une cigarette et du feu.

JULES. Tu veux que j'aille lui parler ?

CATHERINE. Non, surtout pas. Je suis moitié avec lui, moitié contre lui, mais je veux qu'il parte. Nous avons décidé de nous séparer pendant trois mois. Qu'en penses-tu ?

JULES. Je ne sais pas ; c'est peut-être une bonne idée.

CATHERINE. Tu ne veux pas me dire ce que tu penses. Au fond, je sais très bien que tu me méprises.

JULES. Non, Catherine, je ne te méprise jamais.

Il se rapproche d'elle et lui caresse le visage.

JULES. Je t'aimerai toujours, quoi que tu fasses, quoi qu'il arrive.

Catherine se précipite contre lui. Catherine et Jules en très gros plan.

CATHERINE. Oh ! Jules, c'est vrai ? Moi aussi je t'aime. *(Elle l'embrasse.)* On a été vraiment heureux tous les deux, hein ?

JULES. Mais nous sommes heureux… Enfin moi, je le suis.

Elle pleure et il l'embrasse.

57 Oscar Werner, Jeanne Moreau.

CATHERINE. Oui. On restera toujours ensemble, tous les deux, comme des petits vieux, avec Sabine et les petits enfants de Sabine. Garde-moi près de toi. Je ne veux pas retourner avec lui avant son départ.

JULES. Alors, reste ici… Je vais aller dormir en bas.

Il se lève, en gros plan, va vers la porte (travelling avant) et revient brusquement (travelling arrière) pour prendre Catherine dans ses bras et l'embrasser.

JULES. Ma petite Catherine ! Tu me fais penser souvent à une pièce chinoise que j'ai vue avant la guerre. Au lever du rideau, l'empereur se penche vers le public et lui confie : « Vous voyez en moi le plus malheureux des hommes, parce que j'ai deux épouses : la première épouse et la seconde épouse. »

Ils s'embrassent et pleurent tous les deux tendrement. Puis 57 Catherine s'allonge sur le lit. Jules se lève et sort de la chambre.

58 Jeanne Moreau, Henri Serre.

Chalet salle de séjour / nuit

Devant le feu de bois, Jules est installé dans le rocking-chair.

Voix, *off.* Ainsi, pour Jules, leur amour entrait dans le relatif, tandis que le sien à lui était absolu.

Extérieur chalet / aube

Un épais brouillard enveloppe le chalet et la forêt.

58　*Au bas de l'escalier, Jim fait ses adieux à Jules et à Sabine… Puis Jim et Catherine s'éloignent.*

Voix, *off.* Le lendemain matin, Jim quitta la maison. Catherine voulut, une fois de plus, l'accompagner jusqu'à la gare. Dans la nuit, le brouillard avait envahi la prairie. Le reste de la ruche, qui n'était pas au courant, sentit confusément que Jim n'était pas d'accord avec leur reine. Son départ était donc normal.

Après un bout de chemin, Catherine se retourne.

Catherine. On ne voit déjà plus la maison. *(Fondu.)*

59 Jeanne Moreau, Henri Serre.

CHAMBRE D'HÔTEL / JOUR

Catherine et Jim entrent dans une chambre d'hôtel.

VOIX, *off*. Les horaires des trains venaient d'être modifiés pour la saison d'automne. Il n'y avait aucun départ avant le lendemain.

CATHERINE. Dans les chambres d'hôtel, on se sent toujours en faute. Je ne suis peut-être pas très morale, mais je n'ai pas le goût du clandestin. Toi, si. Ne me dis pas le contraire, je ne te croirai pas.

Jim ne répond pas, va fermer les rideaux et se dirige vers le lit. Catherine (en plan moyen) se démaquille devant la glace dans laquelle on peut apercevoir Jim étendu sur le **59** *lit, la regardant.*

VOIX, *off*. Jim pensait aux enfants qu'il aurait pu avoir avec Catherine. Il les imaginait plus beaux les uns que les autres, une grande maison pleine. Il se disait aussi : « Si nous n'avons pas d'enfants, Catherine reprendra ses aventures. »

Gros plan de Catherine dans la glace, qui recommence à se démaquiller.

Voix, *off.* Ils ne se parlèrent plus…, et c'est dans cette chambre d'hôtel, triste et froide, qu'ils se prirent encore une fois sans savoir pourquoi, pour mettre un point final peut-être. C'était comme un enterrement, ou comme s'ils étaient déjà morts. Jim eut pour la première fois le spectacle d'une Catherine immobile, froide et il se donna à elle à regret. Le lendemain, Catherine mena Jim au train, mais ils n'agitèrent pas leurs mouchoirs. Ils se séparaient la gorge serrée ; pourtant, rien ne les y forçait.

Plongée du train qui démarre et file. (Vues prises en hélicoptère.)

Voix, *off.* Jim pensa une fois de plus que tout était fini.

PARIS / EXTÉRIEUR JOUR

Plan pris d'un ascenseur de la tour Eiffel, puis plan du métro aérien qui traverse la Seine et passe devant une fenêtre.

CHAMBRE GILBERTE / INTÉRIEUR

Jim est couché. Gilberte entre dans le champ et lui apporte un plateau avec un inhalateur. (Panoramique jusqu'au lit.)

Gilberte. Voilà ton inhalation. Il y avait une lettre aussi.

Jim déchire l'enveloppe et lit en off.

Jim, *lisant pour lui.* « Je crois être enceinte, viens. Catherine. » *(Un temps, puis appelant.)* Gilberte, donne-moi du papier à lettres, s'il te plaît.

Enchaîné sur un gros plan de la main de Jim qui écrit.

Jim, *off.* « Catherine, je suis au lit, malade, hors d'état de me lever. Je n'ai pas non plus envie d'aller te voir, enceinte probablement d'un autre… car ce n'est pas notre pitoyable dernier adieu qui a pu faire ce que notre amour le plus fort n'a pas réussi. »

CHALET SALLE DE SÉJOUR / SOIR

4   *Catherine est assise dans le rocking-chair. Jules termine la lecture de la lettre de Jim.*

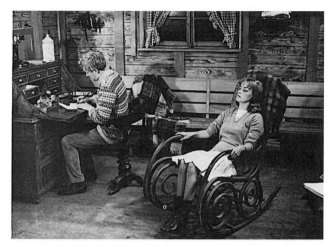

60 Oscar Werner, Jeanne Moreau.

JULES. « …le plus fort n'a pas réussi. »

Il lève la tête vers sa femme, puis s'approche de la table, s'assoit, prend un papier pour écrire.

JULES. Tu as raison. Je ne crois pas un mot de cette histoire de maladie. Je vais lui écrire tout de suite et lui dire que tu veux le voir. *(Il écrit.)* « Cher malade imaginaire, venez nous **60** voir dès que possible. Catherine attend une lettre de vous. Écrivez très gros car ses yeux sont fatigués… »

CHAMBRE JIM / PARIS

JULES, *off.* « … et elle ne peut lire que les grosses écritures. »

JIM. « Catherine croit que je n'étais pas vraiment malade. Moi, **61** je me demande si elle attend vraiment un enfant. De toute façon, j'ai peu de chances d'en être le père. Bien des raisons justifient mes doutes : notre passé, Albert… et tout le reste. »

Jim plie la lettre, la cachette et, comme Gilberte s'approche du lit, il la lui tend.

JIM. Puisque tu sors, tu peux me poster cette lettre, s'il te plaît.

61 Henri Serre.

GILBERTE. Bien sûr.

Elle repart… Panoramique qui la suit jusqu'à la porte d'entrée où du courrier a été glissé sous la porte. Elle le ramasse et revient vers le lit. (Panoramique inverse.)

GILBERTE. Tiens, justement il y a une lettre pour toi. *(Elle la lui tend et repart.)* Je m'en vais car je vais être en retard. À tout à l'heure.

Elle ferme la porte sur elle, tandis que Jim regarde la lettre et la décachette.

Vue aérienne d'un paysage de forêt avec l'image en sur-impression du visage de Catherine récitant la lettre que Jim est en train de lire.

CATHERINE. « Je t'aime, Jim. Il y a tant de choses sur la terre que nous ne comprenons pas…, et tant de choses incroyables qui sont vraies… Je suis enfin féconde. Remercions Dieu, Jim. Prosterne-toi. Je suis sûre, absolument sûre que c'est toi le père. Je te supplie de me croire. Ton amour est une partie de ma vie. Tu vis en moi. Crois-moi, Jim, crois-moi. Ce papier est ta peau, cette encre est mon sang. J'appuie fort pour qu'il entre. Réponds-moi vite. »

Jim se lève de son lit précipitamment et va à la fenêtre qu'il ouvre.

JIM, *appelant*. Gilberte !

TERRASSE D'UN CAFÉ / PARIS

Jim en plan moyen, assis à une table, écrit.

JIM, *écrivant*. « Mon amour, je te crois. Je crois en toi. Je me prépare à partir vers toi. Quand je rencontre un morceau de bon en moi, je sais qu'il vient de toi. »

VOIX, *off*. Ils s'étaient promis, jadis, de ne jamais plus se téléphoner, craignant d'entendre leur voix sans pouvoir se toucher. Leurs lettres étaient trois jours en route. Ils échangeaient un dialogue de sourds.

CHALET / CHAMBRE CATHERINE

Catherine, en plan moyen, est en train de lire la fin de la lettre de Jim.

CATHERINE, *lisant*. « Bien des raisons étayent mes doutes : notre passé, Albert… et tout le reste. »

Elle prend une plume pour répondre aussitôt.

CATHERINE, *écrivant*. « Je ne penserai plus à vous pour que vous ne pensiez plus à moi. À présent, vous me dégoûtez et j'ai tort, car rien ne doit dégoûter. »

PARIS / RUE

Plan flash sur Jim qui met une lettre dans une boîte postale.

CHALET / CHAMBRE CATHERINE

Plan flash du chalet (extérieur) dans la nuit, puis retour sur Catherine à sa table, écrivant une lettre. (Plan rapproché.)

CATHERINE, *écrivant*. « Mon Jim, ta grande lettre bouleverse tout. Ce matin, je me suis dit : dans deux jours, il sera là, lui et pas une pauvre lettre. Rassemblons vite nos duretés

117

62, 63, 64 Oscar Werner, Henri Serre.

d'avant-hier. Or, elles ne viennent pas. Jim, viens quand tu peux… mais peux bientôt. Arrive même tard dans la nuit. »

Chambre Jim / Paris

Jim lit une lettre.

Voix, *off.* Enfin, Jim reçut une lettre de Jules.

Plan rapide de Jules (dans la salle de séjour du chalet) relisant à haute voix la lettre qu'il vient d'écrire, puis retour sur Jim en plan rapproché.

Jules. « Votre petit enfant s'est éteint au tiers de sa vie prénatale. Catherine désire désormais le silence entre vous… »

Voix, *off.* Ainsi, à eux deux, ils n'avaient rien créé. Jim pensait : « C'est beau de vouloir redécouvrir les lois humaines, mais que cela doit être pratique de se conformer aux règles existantes. Nous avons joué avec les sources de la vie et nous avons perdu. »

Fermeture fondu.

Paris / extérieur

Ouverture, fondu sur des vues du métro aérien découvrant Paris.

118

GYMNASE / EXTÉRIEUR

Plan général sur les escaliers qui mènent au gymnase. Jules croise Jim sans l'apercevoir. Tout à coup, Jules se 62 retourne et revient à Jim, en levant les bras.

JULES. C'est pas croyable !

JIM. Vous avez définitivement abandonné le chalet ?

JULES. Oui, nous préférons vivre en France maintenant. Nous avons loué un vieux moulin sur les bords de la Seine.

JIM. Jules, il faut absolument qu'on se revoie. Faites-moi plaisir, venez chez moi demain.

JULES. Bon.

Panoramique sur une affiche de boxe française, avec enchaîné sur...

APPARTEMENT JIM / INTÉRIEUR

[⁸ Gros plan des mains de Jules et de Jim jouant aux dominos, puis travelling arrière qui découvre les deux 63 hommes en plan rapproché.

JIM. Je vous en prie, parlez-moi de Catherine.

8. En mai 1962, François Truffaut a coupé cette scène dans certaines copies.

En off, sur les mains montrant les dominos.

JULES, *off.* Longtemps, j'ai craint son suicide. Elle avait acheté un revolver. Elle disait : « Un tel est mort du suicide », comme on dit : « Un tel est mort du choléra ». *(Travelling arrière qui les recadre à nouveau en plan moyen.)* Elle se tenait repliée comme une veuve. Elle ressemblait à une convalescente et se déplaçait au ralenti, avec le sourire d'une morte.

Panoramique pour découvrir Gilberte, qui entre dans la pièce. Les deux hommes se lèvent.

JIM. Gilberte, je te présente mon ami Jules.

GILBERTE. Jim m'a tellement parlé de vous que j'ai l'impression de très bien vous connaître.

Elle quitte la pièce alors que la caméra reste fixée sur Jules et Jim.

JIM. Catherine sait-elle que vous êtes venu me voir ?

JULES. Oui…, elle vous invite à une promenade en voiture. J'aimerais que vous acceptiez et, peut-être, madame.

JIM. Non, elle n'accepterait pas. Moi, je viendrai.

Jules met son chapeau et s'approche de la porte.

JULES. Je dois partir maintenant.

JIM, *en souriant.* Ah ! non, Jules. Vous ne pouvez pas porter un tel chapeau…, en tout cas pas en France.

Jim retire le chapeau de Jules et lui met le sien qui lui va beaucoup mieux.

JIM. Tenez, prenez le mien.]

MOULIN À LA CAMPAGNE / EXTÉRIEUR

Jules et Jim se retrouvent. Panoramique qui les quitte pour mieux cadrer le moulin à eau, perdu en pleine campagne verdoyante.

JULES. Venez, c'est là-bas.

Ils montent l'escalier et s'approchent de la porte du moulin.

JULES. Elle est de très bonne humeur ce matin… Surtout ne la heurtez pas.

Panoramique sur la rivière et le paysage que Jim contemple.

JIM, *off.* C'est magnifique, ici.

Le panoramique, dans le même mouvement, aboutit sur une voiture automobile.

JULES, *off.* C'est la voiture de Catherine.

On revient sur Jules et Jim qui entrent dans le moulin.

MOULIN / INTÉRIEUR

Catherine range du linge. Jules introduit Jim comme s'il devait le présenter à Catherine.

JULES. C'est Jim.

CATHERINE, *en serrant la main de Jim.* Bonjour.

Catherine a dit bonjour à Jim comme s'ils s'étaient quittés la veille, puis, entourée des deux hommes, elle plie soigneusement son pyjama, en fait un paquet. Jules et Jim se regardent par-dessus son épaule.

VOIX, *off.* Catherine était souriante, mais elle avait son air des soirs de manigance. Elle prit son pyjama blanc et en fit un paquet entouré d'un petit ruban qu'elle noua bien comme il faut… Jim se demanda quel rôle jouerait le pyjama, puis l'oublia. Ils partirent en promenade.

Panoramique sur Catherine qui sort du moulin suivie de Jules et de Jim.

MOULIN / EXTÉRIEUR

Catherine, Jules, Jim descendent l'escalier et se dirigent vers la voiture. Gros plan de la main de Catherine sur le démarreur, puis du pied de Catherine sur l'accélérateur. La voiture démarre et on la suit en panoramique. En- **65** *chaîné sur une vue générale de la vallée de la Seine. La voiture suit la route en lacets. Plan rapproché de la route, puis du capot de la voiture. La voiture s'arrête devant une auberge.*

65 Henri Serre, Oscar Werner, Jeanne Moreau.

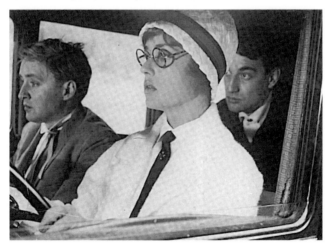

66 Oscar Werner, Jeanne Moreau, Henri Serre.

CATHERINE, *qui ne quitte plus, maintenant, ses lunettes.*
Ah !… ce que j'ai faim ! Si on allait dîner là ?

66　　*Gros plan de Catherine mettant le frein à main. Ils des-*
67　　*cendent de la voiture et se dirigent vers l'auberge, Jim*

67 Oscar Werner, Jeanne Moreau, Henri Serre.

*portant toujours le paquet de Catherine. Sur le chemin,
Catherine s'arrête un instant pour enlever un caillou de
sa chaussure. Travelling latéral les accompagnant et les
précédant jusqu'à la porte de l'auberge où se trouve
Albert.*

CATHERINE. Diable, Albert ! Que faites-vous là ?

ALBERT. Je prends le frais. D'ailleurs, j'habite ici.

Panoramique sur la fenêtre du premier étage.

CATHERINE. Vous dînez avec nous ?

ALBERT. Volontiers, si c'est tout de suite.

CATHERINE. Vous avez peut-être en ville un rendez-vous
galant ?

ALBERT. Peut-être !…

*Plan de la porte : ils entrent et s'installent à une table.
Enchaîné sur leur sortie, après le repas. Jules, Jim et
Catherine se dirigent vers la porte du jardin de l'auberge.
Jim tient toujours le paquet. Catherine s'approche de lui
et lui tape le bras.*

CATHERINE. Donnez-moi mon petit paquet.

Elle prend le paquet et s'en retourne vers Albert, qui la prend par le bras. Ils entrent tous deux dans l'auberge ; Catherine, toutefois, a un mouvement rapide vers Jules et Jim.

CATHERINE. Bonne nuit !…

Jules et Jim, ahuris, repartent vers la voiture.

JIM. Re-bien joué : deuxième coup de théâtre et emploi du pyjama blanc. Je ne m'y attendais pas. Je m'étonne qu'elle n'ait pas choisi un homme nouveau pour lui confier ce rôle. Albert lui a déjà tant servi.

JULES. Pourquoi ? Albert était parfait pour ce soir.

Arrivés tous deux devant la voiture, Jim s'apprête à y monter.

JULES. Laissez-lui la voiture. La maxime de Catherine est : « Dans un couple, il faut que l'un des deux au moins soit fidèle : l'autre. »

JIM, *s'éloignant de la voiture.* Vous avez vu que je n'habite plus seul. Je vais épouser Gilberte.

On les reprend, marchant sur la route et on les suit en panoramique travelling.

JULES. Vous êtes plus raisonnable que moi. Vous avez compris qu'avec Catherine c'est bien fini quand c'est fini. *(Un temps.)* Je crois que Gilberte sera une bonne épouse. Elle est très belle.

APPARTEMENT JIM / CHAMBRE

Jim est au lit, couché près de Gilberte. Un avertisseur de voiture le réveille. Il court à la fenêtre (panoramique qui le suit) et, d'abord, ne voit rien. Puis il aperçoit l'auto de Catherine. Plan pris de la fenêtre sur la voiture qui roule parmi les arbres sur le terre-plein de la place déserte, faisant du slalom entre les bancs, les lampadaires et les arbres.

VOIX, *off.* Jim reconnut au loin l'appel rythmé de la voiture de Catherine. D'abord il ne vit rien, puis il aperçut l'automobile roulant parmi les arbres sur le terre-plein, errant sur la

68 Vanna Urbino, Henri Serre.

place déserte, frôlant les bancs et les arbres, comme un cheval sans cavalier, comme un vaisseau fantôme.

Après un dernier coup d'avertisseur, la voiture reprend la rue et disparaît. Jim quitte la fenêtre.

Enchaîné sur un gros plan de Jim, endormi près de Gilberte. La sonnerie du téléphone retentit. Jim se réveille et **68** *décroche.*

MOULIN / CHAMBRE CATHERINE

Plan général du moulin puis plan de la chambre de Catherine. Celle-ci est allongée sur le lit et parle au téléphone.

CATHERINE. Quelle nuit j'ai passée ! Je n'avais rien à faire là. Cette vie, cet esprit étaient morts pour moi. C'était un désert, Jim, à en mourir. Je parlais de toi, je te cherchais. *(Un temps.)* Tu m'écoutes…, c'est bien toi ?…

Gros plan flash de Jim chez lui, qui raccroche et se lève. Retour sur Catherine toujours au téléphone.

CATHERINE. Alors, viens tout de suite.

Enchaîné sur la voiture de Catherine, devant le moulin.
Panoramique accompagnant Jim sur l'escalier du moulin.
Il entre tiré par Catherine. Catherine et Jim vont s'asseoir
sur le lit. Catherine veut l'embrasser, mais il se lève.

CATHERINE. Viens te coucher à côté de moi, embrasse-moi.

JIM. Catherine, j'ai quelque chose de long à te raconter.

CATHERINE. Raconte.

Plan sur Jim en contre-plongée.

JIM. J'ai trouvé, dans un roman que tu m'as prêté, un passage marqué par toi. Il y a sur un bateau une femme qui se donne en pensée à un passager qu'elle ne connaît pas. Cela m'a frappé comme une confession. C'est ta façon d'explorer l'univers. J'ai aussi cette curiosité éclair. Peut-être que tout le monde l'a. Mais moi, je la domine pour toi et je ne suis pas sûr que tu la domines pour moi. Je pense, comme toi, qu'en amour le couple n'est pas l'idéal. Il suffit de regarder autour de nous. *(Jim se dirige vers le fond de la pièce.)* Tu as voulu construire quelque chose de mieux, en refusant l'hypocrisie, la résignation. Tu as voulu inventer l'amour…, mais les pionniers doivent être humbles et sans égoïsme. *(Jim s'est approché de la fenêtre – gros plan flash – et se rapproche de Catherine, suivi en panoramique.)* Non, il faut regarder les choses en face, Catherine. Nous avons échoué, nous avons tout raté. Tu as voulu me changer, m'adapter à toi. De mon côté, j'ai porté la détresse autour de moi en voulant apporter la joie. *(Arrivé près du lit, il s'assied.)* Cette promesse que j'ai faite à Gilberte de vieillir ensemble n'a aucune valeur, puisque je peux la reculer à l'infini. C'est comme un faux billet. Je n'ai plus d'espoir de mariage avec toi. Il faut que tu le saches, Catherine : je vais épouser Gilberte. Elle et moi, nous pouvons encore avoir des enfants.

Panoramique sur Catherine qui sourit en gros plan.

CATHERINE. La belle histoire, Jim ! Et moi, Jim ? Et moi ? Et les petits que j'aurais voulu avoir ? Tu n'en as pas voulu, Jim !

Retour sur lui, puis contrechamp sur elle.

69 Henri Serre.

JIM. Si, Catherine, si…

CATHERINE. Ils auraient été beaux, Jim !…

Elle s'effondre sur le lit en pleurant, tandis que Jim la regarde froidement. Puis, brusquement, Catherine se relève et sort un revolver de dessous le traversin. Il se lève à son tour rapidement, alors qu'elle bondit fermer la porte à clef. Gros plan de sa main qui jette la clef par la fenêtre. Elle se retourne et menace Jim du revolver.

CATHERINE. Tu vas mourir. Tu me dégoûtes… Je vais te tuer, Jim. *(Un temps.)* Tu es lâche, tu as peur…

Jim bondit sur elle, lui saisit le bras, la désarme et saute par la fenêtre.

MOULIN / EXTÉRIEUR

Plan sur l'arrivée au sol de Jim, venant de sauter par la fenêtre. Il s'enfuit, nous le suivons un instant (plongée)… **69** *Puis plan du ciel d'orage sur lequel vient un titre en surimpression : « Quelques mois plus tard… » et enchaîné sur la façade du Studio des Ursulines à Paris.*

70 Oscar Werner, Jeanne Moreau.

STUDIO DES URSULINES / INTÉRIEUR

Légère plongée sur Jim regardant l'écran. Plan rapide de l'écran : les actualités montrent un autodafé de livres. On revient sur Jim et, par panoramique, dans la salle, on découvre quelques rangs plus loin Jules et Catherine. Jules essaie d'appeler Jim. Catherine lance une boulette dans sa direction. Jim se retourne enfin, les aperçoit et, sortant du rang, s'approche d'eux. Tous les trois sortent de la salle.

HALL DU CINÉMA

70 *Catherine, Jules et Jim passent dans le hall du cinéma. Tendrement, Jules arrange l'écharpe de Catherine. Elle marque un temps d'arrêt, songeuse, fixe Jim... et tous trois se dirigent vers la voiture.*

VOIX, *off*. Jim était heureux de retrouver Jules et de s'apercevoir que son cœur ne battait plus en revoyant Catherine. Elle, de son côté, évitait de les laisser seuls et proposa une promenade en voiture. Jim accepta.

Route de campagne / jour

On reprend la voiture sur une route de campagne, roulant très vite et faisant des zigzags.

Voix, *off*. Quel serait le programme?... Catherine jouait avec rapidité de sa voiture et commettait d'imperceptibles imprudences. Il y avait une atmosphère d'attente comme celle de la promenade en forêt avant la rencontre avec Albert. Ils s'arrêtèrent près d'une guinguette au bord de l'eau.

Jardin d'une guinguette

Ils sont tous les trois attablés devant des boissons.

Jules. Maintenant, si on commence à brûler les livres…

Jim. Oui, c'est incroyable.

Catherine se lève et quitte la table. Jules et Jim la regardent un instant en silence.

Jules. Vous avez été pour Catherine facile à prendre et difficile à garder. Votre amour tombait à zéro et il remontait à cent avec celui de Catherine. Moi, je n'ai jamais connu vos zéros… ni vos cents.

Contrechamp sur Catherine près de la voiture.

Catherine. Monsieur Jim, j'ai quelque chose à vous dire. Voulez-vous m'accompagner?

Elle prend place dans la voiture, face au volant, tandis que Jim se lève et la rejoint. On le suit en panoramique pour finir par un filage sur Catherine qui lance.

Catherine. Jules, regarde-nous bien.

À l'intérieur de la voiture, Catherine (au volant) regarde Jim et lui sourit très tendrement. De sa table, Jules regarde la voiture qui file le long de la berge. On la reprend en plan général, s'engageant sur un pont…, pont en ruine coupé au milieu de son trajet. À cet instant, Jules, conscient du danger (… ou de la réalité de l'événement), **71** *se lève, effrayé. Plan pris à travers le pare-brise, de la voiture qui s'avance vers la brèche du pont. Gros plan de Catherine, à la fois très attentive et presque ironique.*

129

72

Sous un autre angle (en plongée), on voit la voiture conti-
nuer à avancer et culbutant dans le vide. Plongeon du
véhicule. On ne voit plus rien… que quelques remous à la
surface de l'eau.

72

Voix, *off*. Jules n'aurait plus cette peur qu'il avait depuis le
premier jour, d'abord que Catherine le trompe, puis seulement qu'elle meure… puisque c'était fait.

Plan sur des roseaux… suivi d'un enchaîné sur l'intérieur
d'un crématoire.

CRÉMATOIRE / INTÉRIEUR

Quatre croque-morts passent devant l'écran en portant un
cercueil. Ils le déposent près d'un autre, alors que Jules
entre derrière eux.

Voix, *off*. On retrouva les corps accrochés dans les roseaux.
Le cercueil de Jim était encore plus grand que nature ; celui
de Catherine un écrin, à côté. Ils ne laissaient rien d'eux. Lui,
Jules, avait sa fille. Catherine avait-elle aimé la lutte pour la
lutte ? Non, mais elle en avait étourdi Jules jusqu'à la nausée.
(Gros plan de Jules.) Un soulagement l'envahissait. L'amitié

130

71 Oscar Werner.

de Jules et Jim n'avait pas d'équivalent en amour. Ils prenaient ensemble un plaisir total à des riens, ils constataient leurs divergences avec tendresse. Dès le début de leur amitié, on les avait surnommés Don Quichotte et Sancho Pança.

Sur un plan général, Jules se met de côté et, en gros plan, des mains découvrent les cercueils que l'on pousse dans un four. Les portes se referment sur chaque cercueil. Enchaîné sur des mains qui rouvrent les doubles portes des fours…, puis enchaîné sur les cendres et les restes calcinés qui sont mis dans deux petites urnes.

Cimetière / jour

Précédé par deux croque-morts portant chacun une urne, **73**
Jules traverse le cimetière et se dirige vers le columba- **74**
rium.

Voix, *off.* Les cendres furent recueillies dans des urnes et rangées dans un casier que l'on scella ; seul, Jules les eût mêlées. Catherine avait toujours souhaité qu'on jetât les siennes dans le vent du haut d'une colline…, mais ce n'était pas permis.

73 Oscar Werner.

74 Oscar Werner.

Une fois les urnes rangées et scellées, Jules redescend les marches et s'avance dans le cimetière, vers la sortie. Il s'éloigne lentement alors qu'apparaît sur l'écran le mot

F I N

NB : Le découpage de ce film, tel que nous le publions, a été mis au point par Jacques-G. Perret après passage, plan à plan, à la visionneuse.

La critique

Robert Kanters
Malheur à celui que le mot pureté fera ricaner parce que, tout au long du film, Jeanne Moreau va du lit de Jules au lit de Jim, en revient, y retourne et connaît même quelques autres aventures. Le miracle d'Henri-Pierre Roché, de François Truffaut et de Jeanne Moreau, c'est qu'il monte de ces hésitations sentimentales non un relent d'érotisme mais un chant de tendresse.

L'Express, 21 janvier 1962.

Claude Mauriac
Je ne sais rien d'Henri-Pierre Roché, dont je n'ai même pas lu le livre. Mais un peu de son secret subsiste dans la transcription de Truffaut. Et je ne crois pas me tromper en pensant que la beauté du roman (sensible dans le film) vient de ce qu'il est autobiographique. Sans cela, cette histoire serait celle, si usée, du ménage à trois. Pour qu'elle échappe ainsi à la banalité, pour que nous nous y intéressions comme au drame unique et sans précédent, irréductible, de trois êtres, dont l'aventure peut avoir au regard des tiers l'apparence de la médiocrité mais qui savent que leurs souffrances et leurs joies ne ressemblent à aucune autre, il a fallu qu'un peu de ces joies et de ces souffrances ait passé dans l'œuvre où l'un d'eux romança ses souvenirs, et de ce livre, dans le film d'un fervent adaptateur. Peut-être me trompé-je ? Mais d'où viendrait alors cette impression d'authenticité ? Les beaux mensonges de l'art donnent rarement une telle impression de vérité.

Le Figaro littéraire, 27 janvier 1962.

Jean de Baroncelli
Le film de Truffaut est le contraire d'un film scabreux, d'un film « bien parisien ». Jules et Jim ne sont à aucun moment ridicules, et, s'il arrive à Catherine d'être irritante, elle n'est jamais odieuse. Une sorte d'innocence, de pureté foncière, les préserve tous les trois de la bassesse. Quoi qu'en puissent penser les hypocrites, leur histoire est une belle et douloureuse histoire d'amour. Le mérite essentiel de Truffaut est de nous avoir fait croire à cette innocence et à cet amour.

Le Monde, 26 janvier 1962.

GEORGES SADOUL

Rien ici d'un vaudeville en caleçons, d'une comédie à la Sacha Guitry ou d'un drame à la Bernstein. Mais trois êtres de chair, avec leurs contradictions, leur sincérité, leur noblesse. Avant d'être réalisateur, Truffaut fut critique. Comme Louis Delluc, contre lequel il parut prendre parti dans un retentissant entretien avec Louis Marcorelles (*France-Observateur,* 19 octobre 1961) où il distinguait la branche Lumière (cinéma spectacle) et la branche Delluc (cinéma à idées). Eh bien ! il est bien proche de Delluc, ce *Jules et Jim* qui ressemble à *La Femme de nulle part* (jamais vue, peut-être, par Truffaut).

Lettres françaises, 25 janvier 1962.

JEANDER

Reste le film en soi, je veux dire la manière dont il a été fait : découpé, tourné, monté et joué. Là, je suis bien obligé de donner un grand coup de chapeau au collégien adulte François Truffaut. C'est du travail de haute précision. Ce garçon a vraiment le don du cinéma. Ses images, le rythme qu'il leur imprime, son habileté, dans les enchaînés, ses cadrages, les éclairages qui, d'éclatants au début du film, s'assombrissent insensiblement quand le vaudeville vire à la tragédie pour finir dans la grisaille du cimetière : tout cela est d'un très grand cinéaste qui a un style et une puissance d'expression très rares.

Libération, 29 janvier 1962.

ANDRÉ BESSÈGES

Mais comment nier que la loi d'une œuvre dramatique ne doive rester le drame et que le problème du couple, qui appartient au théâtre éternel, ne prenne de nos jours une dimension nouvelle, exigeante ? La nouvelle morale de la nouvelle vague concerne moins la sexualité que le rôle de la femme dans la société, et dans le couple. Or, sur ce point, il n'est pas exagéré de dire que Truffaut, comme Godard, d'ailleurs, a une attitude plutôt rétrograde, celle d'un puritain honteux pour qui la femme est l'incompréhensible démon. Ce qui, en fait de vague, nous ramènerait plutôt à Dumas fils.

La France catholique, 9 février 1962.

PIERRE BILLARD

Je crois que *Jules et Jim* est l'un des films les plus audacieux, sur le plan moral, que nous ayons vus depuis longtemps. En témoigne la réaction des censures (interdiction aux moins de dix-huit ans, après que le représentant des associations familiales eut demandé avec acharnement une interdiction totale, cote 4 B par la Centrale catholique). En témoignent, surtout, les réactions d'une partie du public que j'ai vu à différentes reprises secoué par ce rire nerveux qui le libère de la gêne. Ces censeurs, et ces spectateurs, ce qui les gêne, évidemment, c'est la franchise de la pureté des protagonistes. Les situations qui les révoltent sont, en soi, des situations fort banales au cinéma, et qui découlent de l'adultère. Or, si l'adultère est un délit, au terme de la loi bourgeoise qui nous gouverne, et un péché au terme de la morale catholique qui nous oppresse, c'est également un ressort dramatique fort pratique que ni la loi ni la morale catholique ne s'inquiètent de réprimer lorsque sa représentation à l'écran s'entoure d'une suffisante hypocrisie. Maris trompés, amants malicieux, folles maîtresses obtiennent à la fois l'absolution des censeurs et l'intérêt du public, pour peu qu'ils observent la loi du mensonge en vigueur dans la bonne société.

Ciné 62, mars 1962.

MICHEL DELAHAYE

Que la noblesse, la beauté de *Jules et Jim* le fassent échapper aux atteintes de tous ceux pour qui est immoralité la recherche d'une autre moralité, laideur, celle d'une autre beauté, le fassent planer au-dessus de toutes les orthodoxies anciennes ou nouvelles.

Cahiers du Cinéma, avril 1962.

FILMOGRAPHIE
DE FRANÇOIS TRUFFAUT

1954

UNE VISITE (court métrage) *Scénario* : François Truffaut. *Image* : Jacques Rivette. *Assistant mise en scène et producteur* : Robert Lachenay. *Montage* : Alain Resnais. *Lieu du tournage* : Paris. Film 16 mm noir et blanc. *Durée* : 7 min 40. *Interprètes* : Laura Mauri, Jean-José Richer, Francis Cognany, Florence Doniol-Valcroze.

1958

LES MISTONS (court métrage) *Adaptation et dialogues* : François Truffaut, d'après la nouvelle de Maurice Pons, extraite du recueil *Virginales* (Julliard). *Image* : Jean Malige. *Assistants mise en scène* : Claude de Givray et Alain Jeannel. *Montage* : Cécile Decugis. *Musique* : Maurice Le Roux. *Directeur de production* : Robert Lachenay. *Production* : Les Films du Carrosse. *Tournage* : août 1957. *Lieux du tournage* : Nîmes et ses environs. *Laboratoires* : GTC. *Format* : 1,33. Film 16 mm noir et blanc. *Distributeur* : Les Films de la Pléiade. *Sortie publique* : 1958. *Durée* : 23 min. *Interprètes* : Bernadette Lafont (Bernadette), Gérard Blain (Gérard), Alain Baldy, Robert Bulle, Henri Demaegdt, Dimitri Moretti, Daniel Ricaulex (les mistons). Commentaire dit par Michel François.

1958

UNE HISTOIRE D'EAU (court métrage) *Réalisation* : François Truffaut et Jean-Luc Godard. *Image* : Michel Latouche. *Montage* : Jean-Luc Godard. *Production* : Pierre Braunberger. *Tournage* : 1958. Film 16 mm noir et blanc. *Distributeur* : Les Films de la Pléiade. *Sortie publique* : 1961. *Durée* : 18 min. *Interprètes* : Jean-Claude Brialy, Caroline Dim.

1959

LES QUATRE CENTS COUPS *Scénario original* : François Truffaut et Marcel Moussy. *Image* : Henri Decae. *Premier assistant mise en scène* : Philippe de Broca. *Scripte* : Jacqueline Parey. *Son* : Jean-Claude Marchetti. *Décors* : Bernard Evein. *Montage* :

Marie-Josèphe Yoyotte. *Musique* : Jean Constantin. *Directeur de production* : Georges Charlot. *Production* : Les Films du Carrosse, SEDIF. *Première version du scénario* : 1957. *Premier titre* : *La Fugue d'Antoine*. *Tournage* : 10 novembre 1958 au 3 janvier 1959. *Lieu de tournage* : Paris, Normandie. *Laboratoires* : GTC. *Procédé* : Dyaliscope. Film 35 mm noir et blanc. *Distributeur* : Cocinor. *Sortie publique* : 3 juin 1959. *Durée* : 93 min. Le film est dédié à la mémoire d'André Bazin, qui meurt le 11 novembre 1958, second jour du tournage. Interprètes : Jean-Pierre Léaud (Antoine Doinel), Albert Rémy (le beau-père), Claire Maurier (la mère), Patrick Auffay (René Bigey), Georges Flamant (M. Bigey), Yvonne Claudie (Mme Bigey), Guy Decomble (le professeur), Robert Bauvais (le directeur de l'école), Pierre Repp (le professeur d'anglais), Claude Mansard (le juge d'instruction), Richard Kanayan (Abbou)…

1960

TIREZ SUR LE PIANISTE *Scénario* : François Truffaut et Marcel Moussy d'après le roman de David Goodis, *Down There* (Gallimard). *Image* : Raoul Coutard. *Assistants mise en scène* : Francis Cognany et Robert Bober. *Scripte* : Suzanne Schiffman. *Son (son témoin)* : Jacques Gallois. *Décors* : Jacques Mély. *Montage* : Cécile Decugis puis Claudine Bouché. *Musique* : Georges Delerue. *Directeur de production* : Roger Fleytoux. *Production* : Les Films de la Pléiade. *Première version du scénario* : juillet 1959. *Tournage* : 30 novembre 1959 au 22 janvier 1960. *Lieux de tournage* : Paris, Levallois, environs de Grenoble. *Procédé* : Dyaliscope. Film 35 mm noir et blanc. *Distributeur* : Cocinor. *Sortie publique* : 25 novembre 1960. Durée : 85 min. Interprètes : Charles Aznavour (Charlie Kohler), Marie Dubois (Léna), Nicole Berger (Thérésa), Michèle Mercier (Clarisse), Catherine Lutz (Mammy), Albert Rémy (Chico), Claude Mansard (Momo), Daniel Boulanger (Ernest), Serge Davri (Plyne), Jean-Jacques Aslanian (Richard), Richard Kanayan (Fido). Alex Joffé (le passant au bouquet), Boby Lapointe (le chanteur), Claude Heymann (l'imprésario), Alice Sapritch (la concierge).

1962

JULES ET JIM *Scénario* : François Truffaut et Jean Gruault d'après le roman d'Henri-Pierre Roché *Jules et Jim* (Gallimard).

Image : Raoul Coutard. *Assistants mise en scène* : Georges Pellegrin, Robert Bober. *Scripte* : Suzanne Schiffman. *Décors et costumes* : Fred Capel. *Montage* : Claudine Bouché. *Musique* : Georges Delerue. *Producteur exécutif* : Marcel Berbert. *Production* : Les Films du Carrosse, SEDIF. *Première version du scénario* : été 1960. *Tournage* : 10 avril au 28 juin 1961. *Lieux de tournage* : Paris, Côte d'Azur, Alsace. *Laboratoires* : GTC. *Procédé* : Franscope. Film 35 mm noir et blanc. *Distributeur* : Cinédis. *Sortie publique* : 24 janvier 1962. *Durée* : 100 min. *Interprètes* : Jeanne Moreau (Catherine), Oscar Werner (Jules), Henri Serre (Jim), Marie Dubois (Thérèse), Sabine Haudepin (Sabine), Boris Bassiak (Albert), Danielle Bassiak (sa compagne), Vanna Urbino (Gilberte), Jean-Louis Richard (un client du café)… Commentaire dit par Michel Subor. La Chanson « Le Tourbillon » est de Boris Bassiak (*alias* Serge Rezvani).

1962

ANTOINE ET COLETTE (court métrage) Premier sketch du film *L'Amour à vingt ans* composé de cinq épisodes réalisés par François Truffaut, Renzo Rossellini. Marcel Ophuls, Andrzej Wajda, Shintaro Ishihara. *Scénario original* : François Truffaut. *Image* : Raoul Coutard. *Assistant mise en scène* : Georges Pellegrin. *Scripte* : Suzanne Schiffman. *Montage* : Claudine Bouché. *Musique* : Georges Delerue. *Producteur délégué* : Pierre Roustang. *Directeur de production* : Philippe Dussart. *Production* : Ulysse Productions (repris par Les Films du Carrosse). *Tournage* : février 1962. *Lieux de tournage* : Paris. *Laboratoires* : CTM. *Procédé* : Cinémascope. Film 35 mm noir et blanc. *Distributeur* : Twentieth Century Fox. *Sortie publique* : 22 juin 1962. *Durée* : 29 min. *Interprètes* : Jean-Pierre Léaud (Antoine Doinel), Marie-France Pisier (Colette), Patrick Auffay (René), Rosy Varte (la mère de Colette), François Darbon (le beau-père de Colette), Jean-François Adam (Albert Tazzi).

1964

LA PEAU DOUCE *Scénario original* : François Truffaut et Jean-Louis Richard. *Dialogues* : François Truffaut. *Image* : Raoul Coutard. *Assistant mise en scène* : Jean-François Adam. *Scripte* : Suzanne Schiffman. *Montage* : Claudine Bouché. *Musique* : Georges Delerue. *Producteur exécutif* : Marcel Berbert. *Directeur de production* : Georges Charlot. *Production* : Les Films du Carrosse, SEDIF. *Première version du scénario* : été 1963. *Tournage* : 21 octobre au 30 décembre 1963. *Lieux de tournage* : Paris et environs, Orly, Normandie, Lisbonne. *Laboratoires* : LTC. *Format* : 1,66. Film 35 mm noir et blanc. *Distributeur* : Athos Films. *Sortie publique* : 20 mai 1964. *Durée* : 116 min. Interprètes : Françoise Dorléac (Nicole), Jean Desailly (Pierre Lachenay), Nelly Benedetti (Franca), Sabine Haudepin (Sabine), Daniel Ceccaldi (Clément), Jean Lanier (Michel), Paule Emmanuèle (Odile), Laurence Badie (Mademoiselle), Dominique Lacarrière (la secrétaire), Gérard Poirot (Franck), Georges de Givray (le père de Nicole), Maurice Garrel (le libraire à Reims)...

1966

FAHRENHEIT 451 *Scénario* : François Truffaut et Jean-Louis Richard d'après le roman de Ray Bradbury *Fahrenheit 451* (Denoël). *Dialogue additionnel* : David Rudkin, Helen Scott. *Image* : Nicholas Roeg. *Assistant mise en scène* : Brian Coats. *Assistante personnelle de Truffaut* : Suzanne Schiffman. *Scripte* : Kay Manders. *Son* : Bob Mc Phee. *Décors* : Syd Cain et Tony Walton. *Montage* : Thom Noble. *Musique* : Bernard Herrmann. *Producteur* : Lewis M. Allen. *Production* : Vineyard Films Ltd. *Première version du scénario* : été 1962. Tournage : 12 janvier au 22 avril 1966. *Lieux de tournage* : Studios de Pinewood et extérieurs près de Londres. *Procédé* : Technicolor. Film 35 mm couleur. *Distributeur* : Universal. *Sortie publique* : 16 septembre 1966. *Durée* : 113 min. *Interprètes* : Julie Christie (Linda et Clarisse), Oskar Werner (Montag), Cyril Cusack (le capitaine), Anton Driffing (Fabian), Jeremy Spencer (l'homme à la pomme), Gillian Lewis (la speakerine), Bee Duffel (la femme-livre)... et les hommes livres : Alex Scott (*La Vie de Henri Brulard*), Dennis Gilmore (*Les Chroniques martiennes*), Fred Cox (*Orgueil*), Franck Cox (*Préjugé*), Michael Balfour (*Le Prince* de Machiavel), Judith Drinan (*Les dialogues* de Platon), Yvonne Blake (*La Question juive*), John Rae (*Weir of Hermiston*), Earl Younger (son neveu).

1967

LA MARIÉE ÉTAIT EN NOIR *Scénario* : François Truffaut et Jean-Louis Richard d'après le roman de William Irish *The Bride wore black* (Presses de la Cité). *Image* : Raoul Coutard. *Assistants mise en scène* : Jean Chayrou, Roland Thénot. *Scripte* : Suzanne Schiffman. *Son* : René Levert, Robert Cambourakis. *Décors* : Pierre Guffroy. *Montage* : Claudine Bouché assistée de Yann Dedet. *Musique* : Bernard Herrmann. *Producteur exécutif* : Marcel Berbert. *Directeur de production* : Georges Charlot. *Régisseur* : Pierre Cottance. *Production* : Les Films du Carrosse, Les Productions Artistes Associés, Dino de Laurentiis Cinematografica. *Première version du scénario* : été 1965. *Tournage* : 16 mai au 10 novembre 1967. *Lieux de tournage* : Cannes, Paris et environs. *Laboratoires* : LTC. *Format* : 1,66. *Procédé* : Eastmancolor. Film 35 mm couleur *Distributeur* : Les Artistes Associés. *Sortie publique* : 17 avril 1968. *Durée* : 107 min. *Interprètes* : Jeanne Moreau (Julie Kohler), Claude Rich (Bliss), Jean-Claude Brialy (Corey), Michel Bouquet (Coral), Michael Lonsdale (Morane), Charles Denner (Fergus), Daniel Boulanger (Delvaux), Serge Rousseau (le marié), Christophe Bruno (Cookie), Alexandra Stewart (Mlle Becker), Jacques Robiolles (Charlie), Sylvie Delannoy (Mme Morane), Michèle Viborel (Gilberte, la fiancée de Bliss), Daniel Pommereule (un ami de Fergus), Paul Pavel (le mécanicien de Delvaux), Van Doude (l'inspecteur), Marcel Berbert (un inspecteur)…

1968

BAISERS VOLÉS *Scénario original* : François Truffaut, Claude de Givray et Bernard Revon. *Image* : Denys Clerval. *Assistant mise en scène* : Jean-José Richer. *Scripte* : Suzanne Schiffman. *Son* : René Levert, Robert Cambourakis. *Décors* : Claude Pignot. *Montage* : Agnès Guillemot assistée de Yann Dedet. *Musique* : Antoine Duhamel et chanson de Charles Trenet « Que reste-t-il de nos amours ? ». *Producteur exécutif* : Marcel Berbert. *Régisseur* : Roland Thénot. *Production* : Les Films du Carrosse, Les Productions Artistes Associés. *Première version du scénario* : 1966. *Tournage* : 5 février au 28 mars 1968. *Lieu de tournage* : Paris. *Laboratoires* : LTC. *Format* : 1,66. *Procédé* : Eastmancolor. Film 35 mm couleur. *Distributeur* : Les Artistes Associés. *Sortie publique* : 6 septembre 1968. *Durée* : 90 min. *Interprètes* : Jean-Pierre Léaud (Antoine Doinel), Claude Jade (Christine), Daniel Ceccaldi (M. Darbon), Claire Duhamel (Mme Darbon), Delphine Seyrig (Fabienne Tabard), Michael Lonsdale (M. Tabard), André Falcon

(M. Blady), Harry Max (M. Henri), Catherine Lutz (Catherine), Christine Pellé (Ida), Paul Pavel (Julien), Simono (M. Albany), Jacques Robiolles (le chômeur de la télévision), Serge Rousseau (l'homme du définitif), François Darbon (l'adjudant-chef), Jacques Delord (le prestidigitateur), Marie-France Pisier (Colette Tazzi), Jean-François Adam (Albert Tazzi), Jacques Rispal (M. Colin), Martine Brochard (Mme Colin), Robert Cambourakis (l'amant de Mme Colin)…
Le film est dédié à Henri Langlois.

1969

LA SIRÈNE DU MISSISSIPPI *Scénario* : François Truffaut d'après le roman de William Irish *Waltz into darkness* (Gallimard). *Image* : Denys Clerval. *Assistant mise en scène* : Jean-José Richer. *Scripte* : Suzanne Schiffman. *Son* : René Levert, Robert Cambourakis. *Décors* : Claude Pignot assisté de Jean-Pierre Kohut-Svelko. *Montage* : Agnès Guillemot assistée de Yann Dedet. *Musique* : Antoine Duhamel. *Producteur exécutif* : Marcel Berbert. *Directeur de production* : Claude Miller. *Régisseur* : Roland Thénot. *Production* : Les Films du Carrosse, Les Productions Artistes Associés. Produzioni Associate Delphos. *Première version du scénario* : fin 1966. *Tournage* : 2 décembre 1968 au 28 février 1969. *Lieux de tournage* : île de la Réunion, Nice, Aix-en-Provence, Grenoble, Lyon, Paris. *Laboratoires* : LTC. *Procédé* : Eastmancolor, Dyaliscope. Film 35 mm couleur. *Distributeur* : Les Artistes Associés. *Sortie publique* : 18 septembre 1969. *Durée* : 120 min.
Interprètes : Catherine Deneuve (Marion), Jean-Paul Belmondo (Louis Mahé), Michel Bouquet (Comolli), Nelly Borgeaud (Berthe Roussel, et, en photo, Julie Roussel), Marcel Berbert (Jardine), Roland Thénot (Richard), Martine Ferrière (la femme de l'agence immobilière)…
Le film est dédié à Jean Renoir.

1970

L'ENFANT SAUVAGE *Scénario* : François Truffaut et Jean Gruault d'après « Mémoire et rapport sur Victor de l'Aveyron » de Jean Itard (1806). *Image* : Nestor Almendros. *Assistants mise en scène* : Suzanne Schiffman, Jean-François Stévenin. *Scripte* : Christine Pellé. *Son* : René Levert, Robert Cambourakis. *Décors* :

Jean Mandaroux. *Montage* : Agnès Guillemot assistée de Yann Dedet. *Musique* : Antonio Vivaldi. *Producteur exécutif* : Marcel Berbert. *Directeur de production* : Claude Miller. *Régisseur* : Roland Thénot. *Production* : Les Films du Carrosse, Les Productions Artistes Associés. *Première version du scénario* : printemps 1965. *Tournage* : juillet à septembre 1969. *Lieux de tournage* : Auvergne, Paris. *Laboratoires* : LTC. *Format* : 1,33. Film 35 mm noir et blanc. *Distributeur* : Les Artistes Associés. *Sortie publique* : 26 février 1970. *Durée* : 83 min. *Interprètes* : Jean-Pierre Cargol (Victor), François Truffaut (le docteur Itard), Françoise Seigner (Mme Guérin), Jean Dasté (le docteur Pinel), Paul Villié (le vieux Rémy), Pierre Fabre (l'infirmier), Claude Miller (M. Lémeri), Annie Miller (Mme Lémeri), Nathan Miller (le bébé Lémeri), René Levert (le gendarme), Jean Mandaroux (le médecin), Jean Gruault (un visiteur)…
Le film est dédié à Jean-Pierre Léaud.

1970

DOMICILE CONJUGAL *Scénario original* : François Truffaut, Claude de Givray, Bernard Revon. *Image* : Nestor Almendros. *Assistants mise en scène* : Suzanne Schiffman, Jean-François Stévenin. *Scripte* : Christine Pellé. *Son* : René Levert, Robert Cambourakis. *Décors* : Jean Mandaroux. *Montage* : Agnès Guillemot assistée de Yann Dedet. *Musique* : Antoine Duhamel. *Producteur exécutif* : Marcel Berbert. *Directeur de production* : Claude Miller. *Régisseur* : Roland Thénot. *Production* : Les Films du Carrosse, Valoria Films, Fida Cinematografica. *Première version du scénario* : fin 1968. *Tournage* : 21 janvier au 18 mars 1970. *Lieux de tournage* : Paris. *Laboratoires* : LTC. *Procédé* : Eastmancolor. Format : 1,66. Film 35 mm couleur. *Distributeur* : Valoria Films. *Sortie publique* : 9 septembre 1970. *Durée* : 100 min. *Interprètes* : Jean-Pierre Léaud (Antoine Doinel), Claude Jade (Christine), Daniel Ceccaldi (Lucien Darbon), Claire Duhamel (Mme Darbon), Hiroko Berghauer (Kyoko), Barbara Laage (Monique), Sylvana Blasi (la femme du ténor), Daniel Boulanger (le ténor), Claude Véga (l'étrangleur), Jacques Jouanneau (Césarin), Pierre Maguelon (un client du bistrot), Danièle Girard (la serveuse), Marie Irakane (la concierge), Yvon Lec (le contractuel), Ernest Menzer (le petit homme), Jacques Rispal (le séquestré), Marianne Piketti (la petite violoniste), Annick Asty (sa mère), Bill Kearns (le patron américain), Nicole Félix, Pierre Fabre, Jérôme Richard, Marcel Berbert (les employés de la société américaine), Jacques Cottin (M. Hulot), Jacques Robiolles (le tapeur)...

1971

LES DEUX ANGLAISES (premier titre *: Les Deux Anglaises et le Continent*) *Scénario* : François Truffaut et Jean Gruault d'après le roman d'Henri-Pierre Roché *Les Deux Anglaises et le Continent* (Gallimard). Image : Nestor Almendros. *Assistante mise en scène* : Suzanne Schiffman. *Scripte* : Christine Pellé. *Son* : René Levert, Robert Cambourakis. *Décors* : Michel de Broin. *Montage* : Yann Dedet assisté de Martine Barraqué. *Musique* : Georges Delerue. *Producteur exécutif* : Marcel Berbert. *Directeur de production* : Claude Miller. *Régisseur* : Roland Thénot. *Production* : Les Films du Carrosse, Cinétel. *Première version du scénario* : printemps 1968. *Tournage* : 20 avril au 9 juillet 1971. *Lieux de tournage* : presqu'île du Cotentin, Paris, Jura. *Laboratoires* : LTC. *Procédé* : Eastmancolor. *Format* : 1,66. Film 35 mm couleur. *Distributeur* : Valoria Films. *Sortie publique* : 26 novembre 1971. Durée : 132 min. (Amputé de quatorze min lors de sa première sortie en 1971, le film existe désormais dans sa version intégrale dont le montage définitif a été effectué en 1984 par Martine Barraqué sous la supervision de François Truffaut.) Interprètes : Jean-Pierre Léaud (Claude Roc), Kika Markham (Anne Brown), Stacey Tendeter (Muriel Brown), Sylvia Marriot (Mrs. Brown), Marie Mansart (Claire Roc), Philippe Léotard (Diurka), Irène Tunc (Ruta, la femme peintre), Annie Miller (Monique de Montferrand), Jeanne Lobre (la concierge), Marie Irakane (la bonne de Claire Roc), Georges Delerue (l'homme d'affaires), Marcel Berbert (le propriétaire de la galerie de tableaux), David Markham (le palmiste), Mark Peterson (Mr. Flint), et Laura et Ewa Truffaut, Mathieu et Guillaume Schiffman (les enfants près de la balançoire)... Commentaire dit par François Truffaut.

1972

UNE BELLE FILLE COMME MOI *Scénario* : François Truffaut et Jean-Loup Dabadie d'après le roman d'Henry Farrel *Such a Gorgeous Kid Like Me* (*Le Chant de la sirène*, Gallimard). *Image* : Pierre-William Glenn. *Assistante mise en scène* : Suzanne Schiffman. *Scripte* : Christine Pellé. *Son* : René Levert, Robert Cambourakis. *Décor* : Jean-Pierre Kohut-Svelko. *Montage* : Yann Dedet assisté de Martine Barraqué. *Musique* : Georges Delerue. *Producteur exécutif* : Marcel Berbert. *Directeur de production* : Claude Miller. *Régisseur* : Roland Thénot. *Production* : Les Films du Carrosse, Columbia Films S. A. *Première version du scénario* : printemps 1971. *Tournage* : 14 février au 12 avril 1972. *Lieux de tournage* : Béziers, Lunel. *Laboratoires* : LTC. *Procédé* : Eastmancolor Panavision. *Format* : 1,66. Film 35 mm couleur. *Distributeur* : Columbia Films. *Sortie publique* : 13 septembre 1972. *Durée* : 98 min. *Interprètes* : Bernadette Lafont (Camille Bliss), André Dussollier (Stanislas Prévine, le sociologue), Philippe Léotard (Clovis Bliss), Guy Marchand (Sam Golden), Claude Brasseur (Maître Murène), Charles Denner (Arthur, le dératiseur), Anne Kreis (Hélène, la secrétaire), Gilberte Géniat (Isobel Bliss), Danièle Girard (Florence Golden), Martine Ferrière (la greffière de la prison), Michel Delahaye (Maître Marchal), Gaston Ouvrard (le vieux gardien de la prison), Jacob Weizbluth (le muet)…

1973

LA NUIT AMÉRICAINE *Scénario original* : François Truffaut, Jean-Louis Richard, Suzanne Schiffman. *Image* : Pierre-William Glenn. *Assistants mise en scène* : Suzanne Schiffman, Jean-François Stévenin. *Scripte* : Christine Pellé. *Son* : René Levert, Harrik Maury. *Décor* : Damien Lanfranchi. *Montage* : Yann Dedet assisté de Martine Barraqué. *Musique* : Georges Delerue. *Producteur exécutif* : Marcel Berbert. *Directeur de production* : Claude Miller. *Régisseur* : Roland Thénot. *Production* : Les Films du Carrosse, PECF (Paris), PIC (Rome). *Première version du scénario* : été 1971. *Premier titre* : Je vous présente Lucie *Tournage* : 25 septembre au 15 novembre 1972. *Lieux de tournage* : Studios de la Victorine à Nice. *Laboratoires* : GTC. *Procédé* : Eastmancolor, Panavision. *Format* : 1,66. Film 35 mm couleur. *Distributeur* : Warner Bros. *Sortie publique* : 24 mai 1973. *Durée* : 115 min. *Interprètes* : François Truffaut (Ferrand, le metteur en scène), Jacqueline Bisset (Julie Baker), Valentina Cortese (Séverine), Alexandra Stewart (Stacey), Jean-Pierre Aumont (Alexandre), Jean-Pierre Léaud (Alphonse), Jean Champion (Bertrand, le producteur), Nathalie Baye (Joëlle, la scripte), Dani (Liliane), Bernard Menez (Bernard, l'accessoiriste), Nike Arrighi (Odile, la maquilleuse), Gaston Joly (Gaston Lajoie, le régisseur), Zénaïde

Rossi (la femme du régisseur), David Markham (le docteur Nelson, mari de Julie), Christophe Vesque (le petit garçon à la canne), Henry Graham/Graham Greene et Marcel Berbert (les hommes des assurances anglaises), ainsi que Yann Dedet, Pierre Zucca, Jean-François Stévenin, etc. qui apparaissent dans leur propre rôle.

Le film est dédié à Lillian et Dorothy Gish.

1975

L'HISTOIRE D'ADÈLE H. *Scénario* : François Truffaut et Jean Gruault d'après Le *Journal d'Adèle Hugo* publié par Frances Vernor Guille (Minard, Lettres Modernes). *Image* : Nestor Almendros. *Assistants mise en scène* : Suzanne Schiffman, Carl Hathwell. *Scripte* : Christine Pellé. *Son* : Jean-Pierre Ruh, Michel Laurent. *Décor* : Jean-Pierre Kohut-Svelko. *Montage* : Yann Dedet assisté de Martine Barraqué. *Musique* : Maurice Jaubert. *Producteur exécutif* : Marcel Berbert. *Directeur de production* : Claude Miller. *Production* : Les Films du Carrosse, Les Productions Artistes Associés. *Première version du scénario* : août 1970. *Premier titre* : L'Histoire d'Adèle. *Tournage* : 8 janvier au 21 mars 1975. *Lieux de tournage* : île de Guernesey, île de Gorée (Sénégal). *Laboratoires* : LTC. *Procédé* : Eastmancolor, Panavision sphérique. *Format* : 1,66. Film 35 mm couleur. *Distributeur* : Les Artistes Associés. *Sortie publique* : 8 octobre 1975. *Durée* : 96 min. *Interprètes* : Isabelle Adjani (Adèle Hugo), Bruce Robinson (le lieutenant Pinson), Sylvia Marriott (Mrs. Saunders), Reubin Dorey (Mr. Saunders), Joseph Blatchley (le libraire Whistler), Carl Hathwell (ordonnance de Pinson), Ivry Gitlis (l'hypnotiseur), Sir Cecil de Sausmarez (Maître Lenoir, notaire), Clive Gillingham (l'employé de banque Keaton), Aurelia Manson (la veuve aux chiens), Edward J. Jackson (O'Brien), Sir Raymond Falla (le juge Johnstone), Roger Martin (Dr Murdock), Madame Louise (Mme Baa), Jean-Pierre Leursse (le scribe), Louise Bourdet (servante de Victor Hugo), François Truffaut (un officier), Ralph Williams (le Canadien), Thi Loan N'Guyen (la Chinoise)…

1976

L'ARGENT DE POCHE *Scénario original* : François Truffaut et Suzanne Schiffman. *Image* : Pierre-William Glenn. *Assistants mise en scène* : Suzanne Schiffman, Alain Maline. *Scripte* : Christine Pelle. *Son* : Michel Laurent, Michel Brethez. *Décor* : Jean-Pierre Kohut-Svelko. *Montage* : Yann Dedet assisté de Martine Barraqué. *Musique* : Maurice Jaubert. *Producteur exécutif* : Marcel Berbert. *Directeur de production* : Roland Thénot. *Production* : Les Films du Carrosse, Les Productions Artistes Associés. *Première version du scénario* : 1972 (à partir des notes de 1957 et 1959). *Premier titre* : *Abel et Calins*. *Tournage* : 17 juillet au 9 septembre 1975. *Lieux de tournage* : ville de Thiers et ses environs. *Laboratoires* : LTC. *Procédé* : Eastmancolor, Panavision sphérique. *Format* : 1,66. Film 35 mm couleur. *Distributeur* : Les Artistes Associés. *Sortie publique* : 17 mars 1976. *Durée* : 104 min. *Interprètes* : Les enfants : Geory Desmouceaux (Patrick), Philippe Goldmann (Julien Leclou), Claudio et Franck Deluca (Mathieu et Franck Deluca), Richard Golfier (Richard), Laurent Devlaeminck (Laurent Riffle), Bruno Staab (Bruno), Sébastien Marc (Oscar le siffleur), Sylvie Grézel (Sylvie, la petite fille affamée), Pascale Bruchon (Martine), Ewa Truffaut (Patricia), et le petit Grégory. Les adultes : Francis Devlaeminck (M. Riffle, le coiffeur), Tania Torrens (Mme Riffle, la belle coiffeuse), Christine Pellé (Mme Leclou, mère de Julien), Jeanne Lobre (la grand-mère), Nicole Félix (la maman de Grégory), Virginie Thévenet (Lydie Richet), Jean-François Stévenin (Jean-François Richet, l'instituteur), Chantal Mercier (Chantal Petit, l'institutrice), René Barnérias (le père de Patrick), Christian Lentretien (M. Golfier), Marcel Berbert (le directeur de l'école), Roland Thénot (le libraire), Thi Loan N'Guyen (sa femme), Laura Truffaut (Madeleine Doinel, mère d'Oscar le siffleur), François Truffaut (le père de Martine)…

1977

L'HOMME QUI AIMAIT LES FEMMES *Scénario original* : François Truffaut, Michel Fermaud, Suzanne Schiffman. *Image* : Nestor Almendros. *Assistants mise en scène* : Suzanne Schiffman, Alain Maline. *Scripte* : Christine Pellé. *Son* : Michel Laurent, Jean Fontaine. *Décors* : Jean-Pierre Kohut-Svelko. *Montage* : Martine Barraqué. *Musique* : Maurice Jaubert. *Producteur exécutif* : Marcel Berbert. *Directeur de production* : Roland Thénot. *Production* : Les Films du Carrosse, Les Productions Artistes Associés. *Première version du scénario* : 1975. *Premier titre* : *Le Cavaleur*. *Tournage* : 19 octobre 1976 au 5 janvier 1977. *Lieux de tournage* :

Montpellier et ses environs, Lille, Paris. *Laboratoires* : LTC. *Procédé* : Eastmancolor. *Format* : 1,66. Film 35 mm couleur. *Distributeur* : Les Artistes Associés. *Sortie publique* : 27 avril 1977. *Durée* : 118 min. *Interprètes* : Charles Denner (Bertrand Morane), Brigitte Fossey (Geneviève Bigey, l'éditrice), Nelly Borgeaud (Delphine Grezel), Geneviève Fontanel (Hélène, la marchande de lingerie), Nathalie Baye (Martine Desdoits), Leslie Caron (Véra, la revenante), Marie-Jeanne Montfajon (Christine Morane), Michel Marti (Bertrand adolescent), Jean Dasté (le Dr Bicard), Roger Leenhardt (Monsieur Bétany), Christian Lentretien (l'inspecteur), Marcel Berbert (le Dr Grezel), Monique Dury (Mme Duteil, la dactylographe), et Sabine Glaser (Bernadette, l'employée Midi-Car), Valérie Bonnier (Fabienne, la première maîtresse à Montpellier), Roselyne Puyo (Nicole, l'ouvreuse de cinéma), Anna Perrier (Uta, la baby-sitter), Nella Barbier (Liliane, la serveuse Karateka), Frédérique Jamet (la petite fille en rouge), Anne Bataille (l'inconnue de la blanchisserie)…

1978

LA CHAMBRE VERTE *Scénario* : François Truffaut et Jean Gruault d'après des thèmes empruntés à trois nouvelles d'Henry James (*L'Autel des morts, La Bête dans la jungle, Les Amis des amis*). *Image* : Nestor Almendros. *Assistants mise en scène* : Suzanne Schiffman, Emmanuel Clot. *Scripte* : Christine Pellé. *Son* : Michel Laurent, Jean-Louis Ughetto. *Décors* : Jean-Pierre Kohut-Svelko. *Montage* : Martine Barraqué. *Musique* : Maurice Jaubert. *Producteur exécutif* : Marcel Berbert. *Directeur de production* : Roland Thénot. *Production* : Les Films du Carrosse, Les Productions Artistes Associés. *Première version du scénario* : été 1974. *Premier titre* : *L'Autel des morts*, puis *La Disparue*. *Tournage* : 11 octobre au 25 novembre 1977. *Lieux de tournage* : Honfleur et cimetière de Caen. *Laboratoires* : LTC. *Procédé* : Eastmancolor. *Format* : 1,66. Film 35 mm couleur. *Distributeur* : Les Artistes Associés. *Sortie publique* : 5 avril 1978. *Durée* : 94 min. *Interprètes* : François Truffaut (Julien Davenne), Nathalie Baye (Cécilia), Laurence Ragon (Julie Davenne sur les photos et mannequin), Serge Rousseau (Paul Massigny en photo), Jeanne Lobre (Mme Rambaud, la gouvernante), Patrick Maléon (le petit Georges), Jean Dasté (M. Humbert, le directeur du Globe), Monique Dury (Monique, sa secrétaire), Jean-Pierre Ducos (le prêtre), Jean-Pierre Moulin (Gérard Mazet), Annie Miller (Geneviève Mazet), Marie Jaoul (la seconde Mme Mazet)…

1979

L'AMOUR EN FUITE *Scénario original* : François Truffaut, Suzanne Schiffman, Marie-France Pisier, Jean Aurel. *Image* : Nestor Almendros. *Assistants mise en scène* : Suzanne Schiffman, Emmanuel Clot. *Scripte* : Christine Pellé. *Son* : Michel Laurent, Michel Mellier. *Décors* : Jean-Pierre Kohut-Svelko. *Montage* : Martine Barraqué. *Musique* : Georges Delerue et chanson d'Alain Souchon, musique de Laurent Voulzy « L'Amour en fuite ». *Producteur exécutif* : Marcel Berbert. *Directeur de production* : Roland Thénot. *Production* : Les Films du Carrosse. *Première version du scénario* : fin 1976. Tournage : 29 mai au 5 juillet 1978. *Lieux de tournage* : Paris. *Laboratoires* : LTC. *Procédé* : Eastmancolor. *Format* : 1,66. Film 35 mm couleur et noir et blanc. *Distributeur* : AMLF. *Sortie publique* : 24 janvier 1979. *Durée* : 94 min. *Interprètes* : Jean-Pierre Léaud (Antoine Doinel), Claude Jade (Christine Doinel), Marie-France Pisier (Colette), Dani (Liliane), Dorothée (Sabine), Daniel Mesguich (Xavier Barnérias), Julien Bertheau (M. Lucien), Rosy Varte (la mère de Colette), Marie Henriau (le juge du divorce), Jean-Pierre Ducos (l'avocat de Christine), Monique Dury (Mme Ida), Emmanuel Clot (le copain imprimeur), Roland Thénot (l'ex-amant en colère), Julien Dubois (Alphonse Doinel)…

1980

LE DERNIER MÉTRO *Scénario original* : François Truffaut et Suzanne Schiffman. *Dialogue* : François Truffaut, Suzanne Schiffman, Jean-Claude Grumberg. *Image* : Nestor Almendros. *Assistants mise en scène* : Suzanne Schiffman, Emmanuel Clot. *Scripte* : Christine Pellé. *Son* : Michel Laurent, Michel Mellier. *Décors* : Jean-Pierre Kohut-Svelko. *Montage* : Martine Barraqué. *Musique* : Georges Delerue. *Directeur de production* : Jean-José Richer. *Régisseur* : Roland Thénot. *Production* : Les Films du Carrosse, SEDIF, TF1, SFP. *Première version du scénario* : printemps 1979. *Tournage* : 28 janvier au 16 avril 1980. *Lieux de tournage* : Paris et environs. *Laboratoires* : LTC. *Procédé* : Fujicolor. *Format* : 1,66. Film 35 mm couleur. *Distributeur* : Gaumont. *Sortie publique* : 17 septembre 1980. Durée : 128 min. *Interprètes* :

Catherine Deneuve (Marion Steiner), Heinz Bennent (Lucas Steiner), Gérard Depardieu (Bernard Granger), Jean Poiret (Jean-Loup Cottins), Andréa Ferréol (Arlette), Sabine Haudepin (Nadine), Paulette Dubost (Germaine), Maurice Risch (Raymond), Jean-Louis Richard (Daxiat), Marcel Berbert (Merlin), Richard Bohringer (le guestapiste), Jean-Pierre Klein (Christian), Franck Pasquier (Jacquot), Laszlo Szabo (le lieutenant Bergen), Jacob Weizbluth (Rosen), Martine Simonet (Martine)…

1981

LA FEMME D'À CÔTÉ *Scénario original* : François Truffaut, Suzanne Schiffman, Jean Aurel. *Image* : William Lubtchansky. *Assistants mise en scène* : Suzanne Schiffman, Alain Tasma. *Scripte* : Christine Pellé. *Son* : Michel Laurent, Michel Mellier. *Décors* : Jean-Pierre Kohut-Svelko. *Montage* : Martine Barraqué. *Musique* : Georges Delerue. *Directeur de production* : Armand Barbault. *Régisseur* : Roland Thénot. *Production* : Les Films du Carrosse, TF1. *Première version du scénario* : décembre 1980. *Tournage* : 1er avril au 15 mai 1981. *Lieux de tournage* : environs de Grenoble. *Laboratoires* : LTC. *Procédé* : Fujicolor. *Format* : 1,66. Film 35 mm couleur. *Distributeur* : Gaumont. *Sortie publique* : 30 septembre 1981. *Durée* : 106 min. *Interprètes* : Fanny Ardant (Mathilde Bauchard), Gérard Depardieu (Bernard Coudray), Michèle Baumgartner (Arlette Coudray), Henri Garcin (Philippe Bauchard), Véronique Silver (Odile Jouve), Roger Van Hool (Roland), Philippe Morier-Genoud (le psychiatre), le petit Olivier Becquaert (Thomas)…

1982

VIVEMENT DIMANCHE ! *Scénario* : François Truffaut, Suzanne Schiffman, Jean Aurel d'après le roman de Charles Williams « The Long Saturday Night » (Gallimard). *Image* : Nestor Almendros. *Assistants mise en scène* : Suzanne Schiffman, Rosine Robiolle. *Scripte* : Christine Pellé. *Son* : Pierre Gamet, Bernard Chaumeil. *Décors* : Hilton Mc Connico. *Montage* : Martine Barraqué. *Musique* : Georges Delerue. *Directeur de production* : Armand Barbault. *Régisseur* : Roland Thénot. *Production* : Les Films du Carrosse, Films A2, Soprofilms. *Première version du scénario* : fin 1981. *Tournage* : 4 novembre au 22 décembre 1982. *Lieu de tournage* : Hyères et ses environs. *Laboratoires* : LTC.

Procédé : Kodak, Agfa, Pyral. *Format* : 1,66. Film 35 mm noir et blanc. Distributeur : AAA. *Sortie publique* : 10 août 1983. *Durée* : 111 min. *Interprètes* : Jean-Louis Trintignant (Julien Vercel), Fanny Ardant (Barbara), Caroline Sihol (Marie-Christine Vercel), Philippe Morier-Genoud (le commissaire Santelli), Roland Thénot (son adjoint), Philippe Laudenbach (Maître Clément), Jean-Pierre Kalfon (Jacques Massoulier), Jean-Louis Richard (Louison), Yann Dedet (Face d'Ange), Nicole Félix (la balafrée), Anik Belaudre (la caissière de l'Eden), Georges Koulouris (le détective Lablache), Xavier Saint-Macary (Bertrand, le photographe) Pascale Pellegrin (la secrétaire blonde)…

NB : La date indiquée de la première version du scénario est celle du démarrage effectif de l'écriture et non celle de la toute première idée qui souvent chez Truffaut est bien antérieure.

Quelques termes
de tournage

Champ Espace « perçu » par la caméra et dont la largeur et la profondeur dépendent de l'objectif employé.

Contrechamp Succession de plans montrant alternativement chacun des deux interlocuteurs.

Cut Montage direct d'un plan à la suite d'un autre (sans transition artificielle telle qu'un fondu, etc.).

Flash Plan très rapide (deux à trois secondes) visant à accentuer l'impression de rapidité d'action.

Fondu-enchaîné Fondu dans lequel la nouvelle image commence d'apparaître sur la précédente encore en train de disparaître.

Panoramique Mouvement « balayant » de l'objectif lié à une rotation de la caméra sur l'un de ses axes ou sur les deux ensemble.

Plan Structure audiovisuelle d'ensemble résultant d'une « prise » ininterrompue.

Plan général ou plan d'ensemble Il livre le cadre géographique d'une action ou de son évolution (vaste paysage de ville, de campagne, de montagne).

Plan moyen Il dirige l'attention du spectateur vers un ou plusieurs personnages photographiés en pied sur un fond de décor généralement restreint.

Plan américain Il concentre l'attention sur un, deux ou trois personnages que la partie inférieure du cadre coupe à mi-jambes.

Plan rapproché (plan-taille, plan-poitrine) Il conduit le spectateur dans l'intimité d'un personnage. Sa portée est essentiellement psychologique.

Gros plan Il tente de retrouver sur le visage, au niveau du regard, « miroir de l'âme », le sentiment, le trouble intérieur, l'angoisse du personnage isolé soudain.

Plongée Prise de vues effectuée en inclinant vers le bas l'axe de l'objectif de la caméra.

CONTRE-PLONGÉE Prise de vues effectuée en dirigeant vers le haut l'axe de l'objectif.

SÉQUENCE Elle est caractérisée par une certaine unité d'action et un sens complet. Elle est composée d'ensembles plus restreints, eux-mêmes constitués par un certain nombre de plans.

TRAVELLING Mouvement de caméra, celle-ci étant placée sur un chariot mobile, qui permet de s'approcher d'un sujet pour l'isoler (avant), ou de s'en éloigner (arrière). Il peut être combiné avec un panoramique.

ZOOM OU TRAVELLING OPTIQUE Réalisé à l'aide d'un objectif à focales variables, la caméra étant fixe, il restitue le mouvement de travelling, mais avec une modification de la perspective du décor.

TABLE

Réalisation PAO Éditions du Seuil
Photogravure : Charente Photogravure à Angoulême
Achevé d'imprimer par Mame à Tours
D. L. mai 1995. N° 25622 (13861)